Terra dividida

LARANJA ● ORIGINAL

Terra dividida

Eltânia André

1ª Edição, 2020 · São Paulo

*nesta cidade dividida,
cada homem é estilhaço,
entulho jogado na caçamba
porque há outro na fila
para ocupar seu espaço.*

DONIZETE GALVÃO

Em memória de Luiz Fernando e Elierme José,
meus irmãos.

Sumário

11 Prefácio

17 Eneida
61 Socorrinha
103 Naira
145 Nádia
153 Antígonas
165 Basílio
207 Nena
253 Almeidinha

Prefácio

por
**Kátia Bandeira
de Mello Gerlach**

Em *Terra Dividida*, a escritora Eltânia André oferece ao leitor a possibilidade de se tornar coadjuvante num voo por temas contemporâneos bordados no couro da pele das personagens, uma delas, a antiga artesã de sapatos naturais. Na Pirapetinga, palco principal, o inferno das aparências reina desde antes da revolução digital e persegue e cria marca de ferro nos seus habitantes em termos existenciais. Personagens não aleatórios pertencem a uma família e suas ramificações, fazendo-nos lembrar de A Sibila pela grande escritora portuguesa Agustina Bessa-Luís. A busca por Beatrice dispara a narrativa, resvalando em abismos já na abertura e preparando para o fim do que jamais termina verdadeiramente: um amor inebriado, a traição exposta e humilhante. Não é que o território, sobre o qual a gente se expõe, se divida com uma fissura na terra. O que encontramos nas páginas esteticamente elaboradas sobre o triângulo geográfico Pirapetinga, Rio de Janeiro e São Paulo, são mulheres e homens flagrados em suas rachaduras internas, cada qual como uma casa precisada de restauração. As divisões se insinuam nos percursos pessoais vivenciados em camadas sociais díspares, mas igualmente dificultosas. No mundo criado por Eltânia André, a vida não atravessa os personagens como atravessaria uma folha de planta. Esta vida em potência humana máxima, que atinge a todos como uma irrefreável força cósmica, corrói os corpos por dentro e aprofunda os desafios quando a matriarca sui generis da família, a mulher espinha dorsal, vem a desfalecer em sua varanda-mirante, um observatório. A estrada-metáfora surpreende em seus contornos, ameaças absolutas e minúsculas miragens de esperança. *Terra Dividida* não é um livro baseado numa visão simplista em preto e branco. Desenrola-se na zona cinzenta e real onde "não se pode cutucar uma caixa de marimbondos e sair ileso" e tampouco "caminhar a passos tão largos" quanto os imaginados. Portanto, em Terra Dividida, revela-se o indivíduo, objeto de suas circunstâncias como dita Gasset, diluído por estatísticas ou pelo próprio destino de seu país, conforme vaticinado na filosofia de Bauman. O gato Getúlio será decisivo em suas reações e acompanha a sucessão de fatos como se estivesse ao pé do leitor.

Eneida

*Soube de búfalos que trocam
o cansaço pela própria morte.*

ALBERTO BRESCIANI

O Basílio nasceu num dia histórico para o Brasil, era quinze de março de 1985, caía um pé d'água sem trégua, faltou luz por mais de quatro horas, as velas espalhadas não davam conta de iluminar a casa, tamanho o breu, e a grávida numa lamentação para os santos: *valei-me, Santa Bárbara, ilumina-me, Santa Luzia*, os Almeida numa correria danada debaixo do toró para chamar o carro do Rufino para isso-e-aquilo, a todo momento esquecíamos alguma coisa e tudo era urgente. O doutor César demorou para chegar à maternidade, as contrações em fase latente, e a gente sem saber o que fazer, mas o importante é que o parto foi tranquilo e o bebê nasceu saudável.

O Almeidinha na expectativa de construir a família dos sonhos. Que nada! Ela não aguentou a monotonia e os mesmos blinblons dos sinos da igreja de Sant'Anna, foi-se no mundo quando o filho mal completara cinco meses. Tenho para mim que se amigou com aquele fulano metido a besta. Você se lembra do Jaécio? Aquele vendedor ambulante que ziguezagueava pelas ruelas com a bolsa cheia de adereços, dizia que era representante de uma fábrica de joias do Rio de Janeiro. Humrum, falsas! Todas falsas. Desconfiada, inquiri o sujeito. *São bijuterias de luxo, madama* — me disse, arreganhando as canjicas, com os dentões amarelos e encavalados. Sujeito antipático! Muita gente, como ele, pensa que somos ignorantes e atrasados por morarmos nessa calmaria entre as águas de Minas Gerais e do Estado do Rio. A mais nova, a Nena, aposta que a dita-cuja se mandou com o motorista da Viação 1001, o Demerval. Sei lá! O fato é que deixou o bebê aos nossos cuidados, não olhou para trás, seguiu o seu rumo na calada da noite; seus garranchos amanheceram em cima da cômoda com palavras faltando letras, embora, decifráveis. Assim se deu. Não condeno a mulher, ela comeu o pão que o diabo amassou e tinha sonhos martelando dentro dela.

Meu irmão nunca se aprumou desde que ela se foi, carrega o passado dia e noite nas costas, como se os anos não tivessem seguido a galope, como se ele não fosse outro. O Almeidinha *ama como a estrada começa*, entende? Só ensaia a revolta porque ficam enchendo a cabeça dele nas beiras dos campos de futebol, conversinha ultrapassada de que homem traído não perdoa nunca. Lereia. Conversa fiada. O que me parece é que ele caiu numa esperança vagarosa, apesar do discurso contrário e os tantos estímulos de vingança zunindo em seus ouvidos, vive para recordar os momentos que teve com ela, a Excomungada — assim é chamada há séculos, é a Eva do precipício e caos, a bruxa que fez pacto com o diabo para azedar o mundo; a Capitolina, a

Bovary ou Karênina; Séverine e a ira da besta humana; a minha preferida: Maria Monforte: ousada e fálica. Herdeiras de Eco impedidas em tantas circunstâncias de usarem a própria voz. Não, querido, não sou feminista, sou mulher. Quanto ao Almeidinha, ele se amigou com a espera e parece não ter pressa alguma — a espera é uma maneira confortável de seguir adiante, ele não tem coragem de reclamar ou de exigir respeito.

Nesta terra dividida pelas águas, na cidade morosa, os moradores de sentinela só encontram refresco na vida desgastada dos outros. Línguas de trapo, mexeriqueiros, vigilantes da moral, sempre à disposição para incendiar o que poderia retornar à calmaria ou adormecer, pois, a meu ver, não têm condições psicológicas de carregarem suas vias-crúcis de olhos voltados para os próprios umbigos. Pirapetinga e Santo Antônio de Pádua, irmãs siamesas, inferno dantesco. Parece que se deu aqui a queda do belíssimo anjo. A pantera, o leão e a loba andam livremente, não há portas ou cadeados fortes o suficiente, a vida alheia na berlinda, espreitam pelo buraco da fechadura, pelas redes sociais, pelas venezianas, e até do alto dos morros. Coitado do mano, não sabe se defender, vive refém do disse-me-disse, da especulação, da gozação, dos chistes e da fome pelo espetáculo — e de preferência que seja trágico.

Fico revoltada. Ó, povão bocoió que ainda lida com cupim ruminando a madeira, com a barriga vazia, peleja com brotoejas e ronqueiras na caixa do peito, com quebranto, picumãs, e ainda chama mulher de adúltera e homem de autoridade, que divulga vídeo de *strip-tease* ou, pior, que põe a público gravação de transa para envergonhar e humilhar a mulher moderna que pede e exige na cama; eita povinho desgraçado, que come doce de sidra e anda lonjuras por uma geleia de mocotó de boi; que sobe morrarias com pernas cobertas de varizes, mas que sonha com o corpo da artista de televisão; cultiva comigo-ninguém-pode e joga sal atrás da porta para espantar o mau olhado; range dentadura folgada na boca e almeja aparelho de dentes de acrílico para os netos; que enfrenta muriçocas e pernilongos e come pastel de vento; que cresce a crista por qualquer novidade, que a golpe de sol a pino reza o creio-em-deus-pai e toma cachaça ao invés de vinho para brindar o corpo de Cristo. Ô povo iscariotes! Ô povo vulnerável. Ô povinho inhozinho, uns dizem, outros desmentem, a vida aqui é essa ninharia, as línguas de curar bicheira cada dia maiores, tanta conversinha de cerca-lourenço e engana-meireles promovendo discórdia. E os que se acham novos burgueses, como a família Almirante e outras tantas, se aproveitam de tudo isso e as urnas se enchem de votos, aprenderam com os mestres que inventam leis em benefício próprio, e o povo com o chicote no próprio lombo, amando o algoz. O Brasil caminha para o abismo, tomara que eu esteja errada. Tomara! Fico com o pé atrás com essa gente diferenciada, que sobe no elevador social, leva os filhos para a Disney, que viaja a prazo para Europa e troca de carro mesmo quando o cartão de crédito estoura, transbordando de juros, gente que não enxerga um palmo diante do nariz, que não querem ver gente caída nas calçadas, com mão estendida, na fila do pão, criança furada por bala perdida, pobre em aeroporto ou na universidade. Ganha mais quem tem mais, dinheiro atrai dinheiro, dívida atrai dívida. Ando desiludida. E eu, que nada fiz, por qual ângulo o espelho me toma?

Escuta esta: a Nádia me contou que uma vez estava num congresso em Belo Horizonte e um professor de geografia duvidou da existência da nossa cidade. *Faz divisa, Minas com Rio de Janeiro, nunca ouviu falar? Do lado fluminense, Santo Antônio de Pádua.* Pôs firmeza na voz, cheia de orgulho e raiva do lugar que nasceu: P I R A P E T I N G A, soletrou para o magistrado. Ele não acertava: *ah, Piratininga!? Pirá o quê?* Ignorante! *O Brasil não conhece o Brasil,* já estava dito e musicado. *Comprou diploma, comprou?* Ela ficou brava com o indivíduo. E as bibocas vizinhas, então, são cisquinhos no mapa: Afogados, Buraco do Tibiriçá, Poço Fundo, Boa Morte, Valão Quente, Caiapó, Santa Cruz, Campelo, Baltazar, Paraoquena, Marangatu, Monte Alegre, Pedro de Alcântara, Ibitiguaçu. E viva o povo plural, viva o nosso povo rizomático!, seja daqui ou de qualquer fiapinho de Brasil escondido no mapa, Cabral não foi herói de nada, a colonização é o grande trauma, Portugal não se curva para nos pedir desculpas. Meus avôs, por exemplo, não se cansavam de elogiar os feitos da corte portuguesa. As grandes epopeias, as grandes navegações, suas proezas e horrores. Das trágicas consequências da escravidão e da colonização, quem quer falar? Para os que foram arrancados de seu berço, de sua língua-materna, restam o percurso entre o exílio e a errância de toda a descendência. Põe complexidade nisso, querido! A língua abortada retorna de múltiplas formas e quem tem sensibilidade (quase requer mediunidade) nota os timbres genuínos que dão tom à transformação inevitável, que seja na linguística, na música, na culinária, na ruminação, na arte, na misteriosa engenharia da alma... sei lá, está tudo no corpo que preserva ecos antiquíssimos. Como? Não sei explicar. Tenho para mim que nem tudo se perde, a essência roubada retorna, não sem dor. Nos deparamos, algumas vezes, com o estranhamento do que é sutilmente familiar, mesmo que a gente não compreenda, pois é da ordem do que não se decifra, mas se sente. A vida é um eterno retorno. Não se pode cutucar uma caixa de marimbondos e sair ileso. Estou vendo o mundo desta varanda-mirante, não me peça profundidade ou coerência intelectual, quero mais é falar o que vier à mente. E ser ouvida por alguém como você é coisa rara. Na maioria das vezes, tenho que falar sobre couves e lagartos.

Não quero ir a lugar algum. Sei que tenho uns parentes em Recreio, em Nova Friburgo, em Conselheiro Lafaiete, Belo Horizonte, no norte de Portugal; eles que venham me visitar. Você sabe que o desânimo tomou conta de mim e, além do mais, hoje em dia, aprecio as coisas simples, ouvir o arrulhar dos pombos ou o canto das cigarras (esfinges a me desafiarem), de vez em quando um sanhaço pousa no galho baixo da árvore ou vejo a criança montada a cavalo na cacunda do pai; gosto de conversar com a Patricinha, quando ela põe a cadeira na calçada e fica ali sentada nos sábados de folga, cuidando das cutículas e vendo o movimento; esses acontecimentos tão integrados à vida. Saio de casa apenas para o que é urgente e necessário. Na penúltima vez em que saí para ir à formatura do Basílio, foi bonito ver o menino de beca, mas para mim, um sacrifício: missa ecumênica, colação de grau, roupa apertada, sapato de bico fino. Ir ao baile? Fui nada, demais para mim, não fui e peço que me perdoe pelo meu jeito acomodado de viver a precoce velhice. Há oito meses, estive em Juiz de Fora para fazer uma tomografia computadorizada, todavia disso não quero falar.

Tarcisinho, só um minuto. Ó Socorrinha! Vem cá, querida! Socorrinha, é rapidinho, traz a lista de compras e uma caneta! Socorrinha! Ah, anota aí: lâmpada da geladeira (está queimada desde a semana passada). Polvilho, a Nena tem pedido para a gente fazer brevidade. E canjiquinha com costelinha para as noites frescas. Já cozinhou a mandioca? Obrigada, obrigada! Se não anotar na hora em que me lembro, fica faltando. Onde o assunto parou?

Vivo nessa rotina que você está vendo: bom dia, aqui; boa tarde, acolá; como vai, mais adiante, assim a apatia passa e os ponteiros do relógio giram, é isso e não tenho do que reclamar. Papeio com um e com outro, prosa rápida, prosa longa, depende da disposição da pessoa. *Como vai, dona Neida?* Se não apareço na hora costumeira, eles batem palmas para saber notícias, supõem doença, imaginam imprevistos. O povo daqui é anfitrião.

Não, nunca pensei em sair daqui. Perambular pelo vasto mundo, sempre foi impossível para mim.

Nada mudou e tudo mudou, vivemos no hiato entre o novíssimo e a tradição de séculos. Pela internet, o mundo aos nossos pés. Se precisamos de algum produto mais sofisticado, primeiro recorremos ao centro de Santo Antônio de Pádua, do contrário, temos que andar mais, ir até Além Paraíba, se não encontramos por lá, o jeito é seguir para Juiz de Fora. Os mais animados chegam ao Rio de Janeiro. Eu? Tenho medo das balas perdidas, da violência e do fuzuê da cidade grande, onde ninguém conhece ninguém. Mamãe é quem sonhava voltar a viver no Rio, ela era mais moderna do que nós, uma mulher tolhida, é certo, mas dentro dela os sonhos se trombavam, ela queria frequentar o Canecão, o Municipal, a boêmia e as noites ao som da bossa nova, até do Maracanã ela sentia falta. Eu me acostumei aqui, me acostumei com a sonolência, com a debilidade das horas, acho que prostrei há anos, não soube ser outra nem fomentar o apetite pelas novidades.

Vou contar um segredo, meu caro: o patrimônio que nos restou foi o pedigree: Almeida. O semblante que restou do que nunca fomos. Somos vistos como pratas da cidadezinha..., dinheiro, dinheiro não temos sobrando, dá para o gasto, não passamos aperto, herdamos alguns bens, é justo. Gastamos pouco, economizamos muito, e ainda nos resta o crédito cativo no mercado local. Por favor, não comente com ninguém.

A Nena vai bem. Insiste em trabalhar como sapateira, você acredita? Resiste ao que está posto como obsoleto. O ateliê fica na boca da ponte José Teixeira Jardim — divisa dos Estados. Isso, perto da agência do Correio. A ponte caiu várias vezes, saía prefeito, entrava prefeito; os conterrâneos se ressentiam, e o problema continuava, agora vamos torcer para que a última estrutura seja sólida o suficiente para enfrentar as enchentes e a falta de manutenção. Há tempos não se fabricam mais sapatos artesanais, o ateliê da Nena virou um lugar de consertos e reparos. Há clientes que mandam fazer o serviço e não pagam em dia, e ela precisa comprar a matéria prima. Não nego, é especialista e talentosa. Também faz consultoria, as freguesas levam os sapatos novos comprados nas boutiques para ela dar o parecer, e Nena faz o diagnóstico sobre conforto, durabilidade, acabamento; indica modelos para quem tem deformidades e problemas como esporão de calcâneo e outros incômodos do tipo. De que vale o esforço dela? A cada ano a clientela diminui, as pessoas desaprenderam a preservar, menos ainda os sapatos. Para quê? Se a loja do centro vende tudo novinho a pagar de seis a dez vezes no cartão de crédito. Os juros absurdos e a inadimplência são preocupações tardias.

Eles, os donos do capital, detêm as rédeas do nosso querer, comandam nossos hábitos e o gosto de cada um — as pessoas pensam que escolhem, mas estão enganadas. Livre-arbítrio que nada. Seguimos apenas repetindo o que está programado. Estamos padronizados, Tarcisinho; para ser admirado é recomendado ouvir isso, ver aquilo; já não há anjo algum mandando o sujeito ser *gauche* na vida. Poucos notam essa engrenagem perversa, e os poucos que notam sabem que não há como escapar totalmente. Tudo ajustado, conforme a lógica, disso aqui ó, do dinheiro e seu retorno. Nada disso, não sou analista coisíssima nenhuma, tenho ouvidos, tenho olhos, escuto, vejo, sinto, então dou meus pitacos; aliás, querido, sei que a minha opinião não vale um dólar, ou vale o que vale, como diz o nosso saudoso Alvarenga. Tenho cultura de almanaque, só recortes, piruetas e notas de rodapé.

Houve uma época em que as novelas ditavam a moda e os costumes, o telespectador se sentia seduzido e convidado, de certa maneira, a se parecer com as personagens ou com as atrizes e atores, apesar da distância entre a ficção e a realidade.

Quando passou *Dancing Days* era o máximo as mulheres andarem com meias coloridas e sandálias ao som das Frenéticas. Você se lembra da música?... *abra as suas asas, solte suas feras, caia na gandaia, entre nessa festa,* alegre e dançante. Comprei a trilha nacional e internacional, uma recordação do final dos anos 70. Assistíamos a bons filmes na Sessão da Tarde, apesar de dublados (como disse Eugênia Sereno sobre Mororó-Mirim, aqui *não tem espaço para poliglota, mas sim para cinco vasos de avenca*)... tínhamos acesso aos musicais de Fred Astaire, às comédias de Jerry Lewis, O gordo e o magro, os faroestes, Indiana Jones, A noviça rebelde, Bonequinha de luxo, Crocodilo Dundee... sim, me lembro: Edward mãos de tesoura, O feitiço de Áquila. Mamãe nos estimulou a gostar de cinema e de literatura clássica, sobretudo poesia. A gente se virava com o que tinha na locadora do centro, às vezes buscávamos fora. Livros era mais fácil de encomendar. Papai e o Almeidinha não curtiam nada disso, gostavam de ver o Raul Gil, Globo Rural e o Som Brasil para escutarem a música sertaneja de raiz e ouvirem os causos de Rolando Boldrin. Desanimei com a televisão desde a morte do Chacrinha. Tento me atualizar, saber as notícias, mas o jornalismo agoniza, vítima da falta de isenção por causa da demanda dos empresários; sei que a internet pode ser um lugar democrático para o jornalismo independente, mas eu não tenho paciência nem vista boa para ficar o tempo com a cara na tela do celular ou no computador. Agora é a febre dos seriados estrangeiros, as pessoas passam o final de semana dentro de casa assistindo algo interminável. O Basílio mesmo, some dentro do quarto e sai de lá cheio de olheiras com fome e com sede. Cheguei a acompanhá-lo numa série histórica sobre o império Otomano, que passou na Netflix, mas as pernas começaram a inchar por causa da posição e eu não me animei a continuar. Ainda não vi o final, se é que teve, porque a intenção é outra.

É claro, você disse tudo, a mídia quer controlar até a nossa subjetividade, e as propagandas são sedutoras e estão em todos os intervalos — não importa se escolheu um canal de arte ou de entretenimento, você já reparou?, parecem instrumentos de abdução com seus mil tentáculos, induzem ao consumo e ao automatismo, por isso crescem tanto a depressão e as doenças mentais contemporâneas. A Letícia, filha da Maura, ficou um tempão conversando comigo, ela estava atormentada pela falta de privacidade, afirmava que todos os passos são gravados pelas câmeras ou rastreados pelo celular, ela sentia como se tivéssemos um chip implantado na pele, se quisesse fugir de uma caçada cibernética, a primeira atitude seria jogar o celular num esgoto — foi o que me disse. Divirto-me ouvindo as suas conjecturas sobre os illuminatis e os Bilderbergs. Confesso que não absorvo quase nada, mas ela é carismática e quando nos pega de conversa a gente nem vê a hora passando. Outro dia, era desse tamanhinho! Nossa súplica é por amor, por isso cedemos tanto. Somos analisados pelo que vestimos, pelos lugares que frequentamos, mais ainda pelo que aparentamos ser ou ter. Piada? A lógica de Descartes com novas nuances: consumo, logo existo; selfie, logo existo; tenho um tantão de amigos virtuais e muitas curtidas, logo existo. Sei não, está bem chato e careta o mundo, não acha?

Querido, digo aquilo que me vem à cabeça, e você me estimula a navegar livremente, gosto da prosa labiríntica e de um bom interlocutor. Mais uma vez, você tem razão, e te pergunto: as diferenças algum dia foram respeitadas? A humanidade vem cortejando o inferno e progredindo em seu vestíbulo. O diabo perdeu terreno. Tarcisinho, como você disse, a realidade é perversa. Vamos tentar ressuscitar o bom, o que ficou soterrado ou ficaremos lamuriando com o pessimismo do alemão: *o mundo é o inferno*, e *os homens dividem-se em almas atormentadas e diabos atormentadores*? Cuidado, se nos ouvem, nos mandam para

Cuba. O Ronaldo, filho da Therezinha e do Dário, esteve lá recentemente, fez questão de se instalar na casa dos cubanos, viu a bandeira dos Estados Unidos ser hasteada, depois de cinquenta e quatro anos, na embaixada em Havana, ouviu o discurso de John Kerry e o poema *Cosas del mar* e se emocionou vendo os mesmos fuzileiros que arriaram a bandeira em 1961, a içarem em 2015; recolheu os prós e os contras, mas não perdeu o fascínio pela Ilha. Sim, sou uma esponja, absorvo o conhecimento e experiência ouvindo a contação de história dos transeuntes, eles param em frente à varanda para o bate-papo. Não tolero preguiça mental, arranjo argumentos para o diálogo, ainda que imperfeitos ou rasos. A Nena vive repetindo a fala de Nelson Rodrigues, mais ou menos isso: *os imbecis vão vencer, não pela capacidade, mas porque são maioria*. Ela perde a paciência fácil, fácil. Já eu perdi foi a fé no ser humano desde o ventre, desde a invenção da propriedade. Eis a verdade premonitória: a ditadura nasce da democracia. Coitado deste país, viverá uma pantomima de perversidade e cafonice: li na borra de café. Pode rir, não faz mal, rir da desgraça é uma defesa possível.

Você está assustado como as pessoas que "descobrem" que há vida inteligente nas favelas e periferias e fazem o show midiático. Eu não me assusto, pois eu vivo sendo subestimada. Sabe a Sarinha do Plínio?, foi passar uma semana de férias na Bahia esperando ver dentes cariados, ao invés disso se deparou com sorrisões de propaganda da Kolynos e não contente com o que considerou milagre, perguntou ao guia mirim: *como você faz para ter dentes tão brancos?* E ele respondeu: *escovo*. Pode parecer um exemplo bobo, mas achei significativo. Aí de mim que não creio mais, aí de mim que não posso me abrigar na alienação. Sou o avesso da Naira que prefere não ver a realidade. Eu sou eu e minhas circunstâncias, eu e as minhas contradições. Uma senhora que vive como a Rapunzel, corpo aprisionado no castelo térreo, mas com os olhos e a mente abertos, ou seja, duplamente condenada. Entretanto, sei que nada sei e o que sei não vale uma rosa na primavera. A alienação é a melhor maneira, quiçá a única, para se alcançar a felicidade — palavras da Naira, que vive discorrendo sobre isso. Ela aposta que, se ignoramos o mal, sofreremos menos. Se usarmos a ironia, poderemos dizer que ela tem certa razão, apesar de não toda. Questionar incita ao combate com o mundo interno. Sinto te decepcionar, mas para além da retórica, eu e a covardia (ou pode chamar de inércia) reservamos um lugarzinho no barco de Caronte. Fiz o trajeto de dona-de-casa, lutei com panelas e esfregões, tentei ser uma mãe postiça, dei conselhos, dei exemplos, o que cada um fez com isso não sou eu quem julgará. Não consegui quase nada, poucos os recursos e grande o temor das armas, e é mais fácil ceder do que ser pisoteada pela contracorrente. A maioria de nós quer estar ao lado da Estátua da Liberdade e dos negócios da China. Então, é isso, está resolvido e determinado.

Não tenho curso superior como as meninas. Admito que fiquei chateada por não ter continuado os estudos, gostaria de ter feito filosofia ou sociologia, as coisas aqui em casa não seguiram o curso natural, você já sabe, né! Para não desistir totalmente da gana pelos estudos, amparei-me na nossa biblioteca, sempre curiosa, querendo saber os porquês, como as crianças, todavia, o certo é que não adquiri profundidade em nenhum assunto, mas me sinto menos tola. Papai, para compensar a minha dedicação e obediência, não se opunha às constantes encomendas de livros, revistas, discos e assinaturas de jornais que eu fazia na Banca do Pasquale — era o nosso livreiro. Hoje, estão aí juntando poeira, nesta fase da vida, só me animo com Virgílio. Quando garota, passei um período indignada por ser mulher, desejava ser uma sobrevivente da guerra de Troia. Enéias me soava bem. Eneida é o meu livro de cabeceira. Encantava-me ver o meu nome grafado nas páginas, não me importava que fosse apenas um homônimo, eu inventava similaridades. Infelizmente, somos seres distintos. Sonho com Virgílio à maneira provinciana, romântica por suposto, tanta companhia fizemos um ao outro, acredita? Ele aparece nas madrugadas, vagamos por planícies desconhecidas, falando sobre o cotidiano, citamos trechos de seus poemas, e todo o conteúdo onírico se resume em admirar e inaugurar as coisas, andamos pelas vielas como dois famintos querendo pão e vinho, sorrimos um para o outro, e no quase despertar, na posse parcial e nublada da realidade, sinto, fortemente, a presença da adolescente que fui. Nos últimos anos, esses sonhos têm sido menos frequentes, já não me dou aos deslumbramentos como antes. Não quero te entediar com minhas fabulações estouvadas. Surrealismo de quinta categoria. O que eu estava falando mesmo antes de divagar?

Então, voltando a falar da Nena... ela insiste por resistência, mas não tem outra saída a não ser fechar a porta da sapataria. Uma Zuzu Angel tímida e caipira, no anonimato da cidadezinha tacanha, provinciana e opressora, querendo o impossível: enfrentar os interesses em torno da moda não é fácil. O tio Manuel cuidou do ateliê durante décadas. Nena vivia agarrada nas barras de sua calça. Ele não escondia a preferência que tinha por ela. Quando Nena sofreu a sua primeira crise convulsiva, os médicos não fecharam nenhum diagnóstico e ele se empenhou bastante para o tratamento da sobrinha. Deram um remédio gota a gota que não fez o efeito esperado. O tio a levou em um especialista carioca, na Olga-benzedeira, passe no Centro Espírita Paz, Luz e Amor; mandou rezar terço, fez novena e simpatias, importou chás e banho de descarrego; sincretismo e fé diversa à boa maneira brasileira. Eu? Já cri, não mais. A morte não tarda e não tenho medo do limbo, já estou à margem dele desde a morte da mamãe, e não creio em lázaros nem em eternidade.

... a Nena detesta a sua magreza — desistiu de recorrer aos complexos alimentares e receitas de nutricionistas, sempre se queixando de seu nariz — herança do vovô Joaquim. É só ficar distraída que enfia o polegar na boca, igual a uma criança. Chupa o dedo até hoje. Eu e mamãe tentamos de tudo: pimenta, sabão, ameaças — *seu dedo vai cair, vai ficar sem dedo para sempre*. O mais intrigante é que ela não se revela nem para a família. Ficamos sem entender o que se passa em sua mente. Reservada e misteriosa.

Eu? Vou indo, não tenho do que reclamar. Obrigada, você é gentil; parei de pintar os cabelos faz um longo tempo, deixei a prata luzindo entre os fios escuros. Na juventude aprontava-me até para ir à quitanda da esquina, tinha uma preocupação com os cabelos, queria-os sempre vistosos e hidratados — passava tudo que recomendavam: babosa, cerveja, gema de ovo, camomila. Batom e pó compacto da hora em que acordava até o fim do dia. Perfume na nuca e nos pulsos, aprendi vendo a Dina Sfat na novela O Astro. Sim, ela era linda... comprei o LP, o internacional. Concordo, o som do vinil é sensacional. Há alguns anos me convidaram para participar do Clube do Bolachão. Sério! Uma turma de amigos, adoradores do vinil. Agradeci o convite, mas não pude aceitar. Eles não se conformaram, ainda mais quando contei sobre o meu acervo. Suspeitaram quando falei das bandas de rock progressivo, *meus filhos, tenho de Noel Rosa a Rolling Stones, de Frank Sinatra a Mamonas Assassinas, de Dzi Croquettes a João Gilberto*. Fui uma colecionadora compulsiva de livros, fita cassete e depois de DVD's. As capas dos LP's eram verdadeiras obras de arte. Estão voltando ao mercado? Para a minha surpresa, eles fizeram uma *matinée* aqui mesmo onde estamos. Foi uma farra boa. Mais tarde, doei toda a coleção, não quero guardar mais nada. Aquele dia foi inesquecível. E teve comes e bebes. Uma tarde especial, bom papo sobre música.

De uns anos para cá, engordei um bocado, o que tem dificultado o ir e vir pela casa, para a ida de um cômodo ao outro é preciso cautela e esforço. Estou gorda demais, meu caro. O problema é a bexiga que me obriga a levantar para ir ao banheiro muitas vezes ao dia e outras tantas à noite, mas o médico me parabenizou, *bom sinal, os rins estão cumprindo bem o seu papel.* Não tenho mais saco para enfrentar dietas. Problema na tireoide. Sim, tomo Puran T4. É assim, assim; há dias em que me esqueço, se não fosse a Socorrinha, eu me esqueceria mais vezes. Sou a piada viva, o chiste que fazem com os mineiros por causa do amor ao pão de queijo — gosto de vestido com bolso grande, para deixar uns de reserva e ir comendo, enquanto a vida passa. A Nena me diz, o pão de queijo é a sua tentativa tola de um lento suicídio. Nem ligo!

Meus irmãos são como filhos. Estou me repetindo? Nunca me casei... pretendente tive. O Jaime, da família Jardim, chegou a comprar as alianças, mas pedi um tempo, todos os meus projetos foram por água abaixo depois da morte da mamãe. Era a primogênita, precisava ajudar o papai na criação dos meus irmãos e na administração da casa. Sofri para me adaptar, mas a ausência da mamãe foi se assentando e quando dei por mim era quase ela. Cada um com sua história. Lembro-me, como se fosse hoje, do Jaime rodando a Praça de Sant'Anna com os amigos; quando a gente se encontrava, eu não tinha coragem de levantar os olhos, meu coração latejava de timidez e ansiedade. Era uma menina cheia de expectativas. Todo domingo era dia da performance, dos corpos se exibindo em círculo, flertávamos à moda da época. A Verinha toda serelepe com o Damásio, o homem tinha ainda marcas de queimadura no rosto por causa de um acidente com tacho de óleo quente, disfarçava com o cavanhaque, por pouco não o deixou totalmente deformado, mas teve sorte. Jaime era bem-apessoado, brilhantina no cabelo, calça da Ducal, Lancaster na pele e aquele cordão de ouro brilhando à distância. Ele não insistiu como deveria ou como eu gostaria. Senti-me viúva, quando ele morreu num acidente besta na rodovia. Esse! Uma comoção no cemitério, sepultamento coletivo, o motorista cochilou e o ônibus capotou. Que tristeza sem fim!

Não está se lembrando da Nádia? Aquela que jogava handebol, não, a de cabelos encaracolados. Lembrou? Quatro mulheres e um homem: eu, Nádia, Naira, Nena e o Natal — nasceu no dia de Cristo, sim, todos o chamam de Almeidinha. Só a Nádia se mudou quando se casou com o Orlando — filho do Joca, que trabalhou até à velhice atendendo na Farmácia do Djalma. Esse! Pois o meu cunhado foi funcionário durante anos da área de pessoal da fábrica de papelão, assinou um montão de contratos de admissões e demissões, um dia foi trabalhar e o seu cartão de ponto não estava no escaninho, no lugar havia era um aviso para comparecer ao Departamento Pessoal, era o código do desligamento. Modo humilhante de descarte. Deu a volta por cima e há mais de dez anos trabalha numa montadora de automóveis; mais não saberia dizer.

Se você ficar mais um pouquinho, reencontrará o Almeidinha. Fica para a janta, será um prazer para todos. Como já disse a Madalena, ou a Excomungada, tinha fissura de explorar o mundo. Genérica de uma Leila Diniz, chocou essa biboca esfregando sua liberdade na cara dessa gente puritana e dissimulada. Coitado do Almeida, ele não tinha expectativa de que fosse para sempre, notávamos a sua insegurança. Vinicius disse o que era para ser dito, não é mesmo! Poeta nosso. Agora, ele vive de recordações. Moramos todos aqui, a casa é grande e comporta bem.

E tem o gato, Getúlio. Ganhei do seu Alípio, vizinho aí de frente, filhotinho ainda. Fiquei tão feliz com o presente que não soube demonstrar na hora a minha alegria, assim acontece: a expressão da felicidade às vezes chega depois, vem com atraso e o corpo despreparado, não se declama num sorriso escancarado, num choro abençoado ou num caloroso abraço. Fiquei hipnotizada, pois antevi que seria um amigo eterno. Ele debocha da Socorrinha, não larga a pobre em paz; sim, aquela que esteve aqui para nos oferecer café com broa. Uma boa moça, de fibra, guerreira. O Getúlio tem ciúmes dela, sempre foi possessivo. Fica assim, lambendo os pelos — *eita bicho-preguiça*. Somos cúmplices. Aqui nesta varanda ele me distrai e as horas passam ligeiras.

O seu Zé tem dedicado uma vida ao pequeno latifúndio,

[não é do cemitério que falo, mas do quintal daqui de casa, desculpe-me a ironia de mau gosto, a música de Chico rompeu involuntariamente e o trecho do *Funeral do lavrador* martelou em minha mente e rompeu nos meus lábios.]

capina, planta, cuida e na hora da colheita, distribui conosco, com alguns vizinhos e amigos. Ele gostaria de que outros moradores se juntassem ao projeto das hortas comunitárias, procurou o vereador Almir, entretanto nunca encontrou apoio. Fala das plantinhas com intimidade e reverência, tem delicadeza com a terra e respeito com a natureza. Poderia ficar em casa tranquilo, já se aposentou há anos, mas ele escolhe continuar. Ontem mesmo, estava feliz com um molho de taioba nas mãos; *Oh, Dona Neida, para comer com angu não tem melhor, dá igual mato, fácil de cuidar.* Antes de ir embora vem se despedir, fica divagando sobre as estações, sobre as pragas, sobre a falta de chuva, sobre isso e muito mais. *Ó dona Neida, num é que percebi que as paisagens se alteraram em sua essência, difícil de reparar, mas eu vejo; de macaco a homem, entende? Envenenaram o nosso rio e aí, veja bem, mudou tudo ao redor. A senhora se alembra que as florezinhas que a gente colhia tinham outra geometria, se alembra?* O José Carlos, filho dele, prestava serviço para a funerária e saía pela cidade numa bicicleta equipada com uma caixa de som, anunciando as notas de falecimento e os horários dos enterros, *É com imenso pesar que filhos, parentes e demais amigos comunicam o falecimento de fulano de tal, mais conhecido como* (o apelido, na maioria das vezes, era o mais importante), *cujo funeral sairá de sua residência a tantas horas, de tal bairro, para o cemitério local. A família em luto agradece a quem comparecer ao ato de piedade cristã.* Agora é pelo facebook que noticiamos os mortos. O Zé Carlos? Foi contaminado pela gripe suína e não resistiu, e o seu Zé pedalou a cidade inteira para comunicar o falecimento do seu próprio filho, porque não teve dinheiro para bancar o valor do anúncio na rádio e não aceitou o meu empréstimo, fez acordo com a funerária para custearem a gravação e a mais linda coroa de flores em troca da bicicleta com todo o equipamento, que não teria mais serventia para ninguém de sua família. Respeitavam-se as partidas com rituais solenes, as portas do comércio abaixavam, os chapéus retirados das cabeças, os carros davam passagem, as pessoas silenciavam, era ainda mais bonito quando a sanfona servia de carpideira. Hoje, na verdade, nem fico sabendo direito quem morreu. Sou uma saudosista incurável. Porém quando eu morrer prefiro rapidez, silêncio (e cinzas, se por aqui houvesse crematório).

Deve estar beirando os noventa anos, não aparenta ter a idade que tem, gaba-se de nunca ter tido uma dor de cabeça, *nunca senti nada, dona Neida, peraí, pelos meus sessenta anos ainda tinha uns cacos de dentes dentro da boca, fiquei no meu normal quando o doutor dentista quis arrancar todos, sentia apenas umas fisgadas, depois disso me esqueci como era sentir dor, mais pra frente a minha dentadura ficou pronta, mas não tive paciência de ficar colando toda hora, acho que estava fora do molde, está aqui ó, nunca me deu amolação, como até torresmo com ela.* É a testemunha, o sobrevivente de Drummond no poema *Declaração em juízo*. Cuidou de sua mãe, enquanto ela aguentou viver, *mamãe morreu de cansaço. É o que dizem por aí: viver cansa. Quando acordo e abro os olhos é que constato: não morri. Então, me levanto com disposição, faço o café bem ralinho e bem doce para receber o dia imenso.*

[*M'illumino d'immenso* — Mattina, de Giuseppe Ungaretti]

Ficou sozinho na casa de poucos cômodos, *sozinho, não, eu e Deus*. Acorda antes do sol raiar, almoça às dez horas e janta às cinco, hábito herdado da lida com a lavoura. Vive como aprendeu e não quer saber de novidades.

Subitamente, senti uma saudade da Salustiana quando avistei a Patricinha conversando com uma senhora, enquanto varria o passeio em frente à sua casa, a voz da desconhecida atravessou meus pensamentos e resgatou a imagem da velha amiga. Ela não sabia da existência de Angela Davis ou Makota Valdina, mas falava de Dandaras quando falava de suas bisavós, avós e tias — lendárias mulheres que lutaram em vida, cada uma à sua maneira. Deixou-nos órfãos, pois cuidava de todos aqui de casa como se tivesse a tutela jurídica... e nós nunca movemos uma palha para alterar o seu lugar na história nem da Socorrinha; a Naira é menos hipócrita do que nós... vou conversar com a Nádia para acomodar a Talita se ela passar no vestibular na UFJF... a cabeça lateja de dor, já tomei um analgésico e nada adiantou... o miado do Getúlio salvou-me da tribuna. Não querem nos ouvir! Carrego o medo herdado de geração para geração e o silencioso temor e ódio pelos maus machos que se misturam ao pai, ao filho, ao espírito santo. Não queremos violência, não queremos ser abusadas ou subestimadas, não queremos... que aconteça o que aconteceu à Nádia. Nunca consegui falar com ela sobre isso, me sentia impotente e nunca mais encarei o Porfírio, até o dia em que o encontrei com o pescoço pendurado na corda rígida. Não sei por qual motivo me arrisco no labirinto, se tenho medo de ser devorada pelo Minotauro. Volta para a Terra, Eneida. Volta!

[a cabeça lateja ainda mais, contudo avanço com as recordações em busca de algo que não existe, enquanto acalento o gato no colo].

Não compreendi o que acontecia, quando vi uma turma de jovens passarem correndo numa mesma direção, perguntei por curiosidade para o retardatário e ele me explicou que estavam num jogo virtual, à procura de uma espécie de monstro, o Pókemon. Não é engraçadinho? Houve uma época em que a garotada se reunia para trocar figurinhas, todos queríamos completar o álbum com a cara dos jogadores do seu time futebol. No sentido contrário, o Toninho da Pedra Bonita vinha com o semblante preocupado. Estava procurando a Pureza, sua burrinha, sumida há horas. Uns procurando Pókemon do mundo virtual e ele atrás da Pureza do século XX. Todos na cidade conhecem o Toninho e sua burrinha. *Dona Neida, a Pureza deve estar de brincadeira comigo, já fez isso outras vezes. Vou indo, preciso achar essa danada antes que anoiteça.*

Não caminhamos a passos tão largos quanto imaginamos, as mazelas de sempre, Hiroshima foi destruída, noventa mil mortos, Aleppo foi destruída e tantas outras serão, novas armas, velhos algozes — racionais e estúpidos; no dia a dia os conflitos retratados nas tragédias shakespearianas com novos aliados tecnológicos. *Se todo animal inspira ternura, o que houve, então, com os homens?* Nova York enterrou três mil pessoas de uma só vez, Chernobyl: dezesseis mil; Holocausto: seis milhões; Armero, na Colômbia, vinte cinco mil; a guerra no Vietnã ceifou quase sessenta mil americanos e um milhão e quinhentos vietnamitas, enchentes, guerras, erupções, catástrofes nucleares, que outras tragédias nos aguardam? Morrer é uma tragédia que se dilui na frieza das estatísticas? A cabeça lateja. Com a correria do mundo e o enxame de ofertas e seduções, qual o momento da pausa, do ócio? Uma idiota, esta que vos fala, amante do lugar comum, das inutilidades e repetições. Vago na noite antes do anoitecer. Se ao menos tivesse sido uma Lota de Macedo Soares, sem pedigree que seja, não concebi aterros ou covas, especializei-me em seguir a cartilha e as ordens do papai, contentei-me com futilidades e assuntos aleatórios, olhei o mundo pelo buraco da fechadura, hoje — no tempo presente (tempo inexistente), da varanda-mirante eu já não me contento com nada. Agora é tarde! *Splash, você já pode morrer agora, você já pode morrer do jeito que as pessoas deveriam morrer; esplêndidas, vitoriosas, sendo a música, rugindo, rugindo, rugindo.*

A rua destampa os mais férteis pensamentos. E vou divagando para enganar as horas demagogas, todo santo dia acordar comigo. Gostaria de gritar aos quatro ventos: hei! Viva a pausa! Não quero viver mais, já me basta o tempo que vivi, bom seria poder ficar entre, suspensa, retida, protegida. É necessário um mínimo de ócio para se olhar uma pinta nova no antebraço ou uma mágoa que não se diluiu ou se render a uma curiosidade, quem inventou o apontador, por exemplo? Ócio para enfrentar o poema, *é a faca do mendigo, uma tulipa, um soldado marchando sobre Madrid,* parar diante dele, encarar o abismo, encarar o *leito de morte ou Li Po,* o poeta chinês, *rindo* entre os dentes para Bukowski, perceber, senhor das metas inalcançáveis, em suas mãos o dom para sovar a massa, esticá-la até que se transforme numa folha transparente e frágil, perceber o silêncio, o lamento ou a nudez como a primeira morada. Precisamos limpar as nossas bundas eternamente sujas com o nojo com que olhamos para a ferida aberta em pus do velho a maldizer o destino. Desviarmo-nos de nossos fantasmas é luta renhida. Eu não consegui. No fundo, engolia o rancor por ter sido coagida a aceitar o destino que não era meu, aceitei por covardia, por pavor da inapetência. Quando me recordo do jeito controlador com que o papai se dirigia à nossa mãe, às mulheres, aos funcionários, fica claro que fui mais uma a corresponder aos seus mandos e caprichos. A boca dele se enchia constantemente de saliva, o ato de cuspir era o seu vício de macho.

Tramo unir o porvir ao começo. Procuro cadáveres em meio às paisagens, relíquias nas dobras do tempo. E para quê? Deixa estar, diz o meu coração que teima em bater. O que me importa não é a verdade ou a metafísica dos filósofos, pois não tenho esperança ou expectativas, para mim, o alívio de todas as pulsões é o meu destino iminente. Meus ombros já não suportam o mundo e Minas não há mais. Não sei cantar o tango argentino. Ouvi alguém dizer, somos fruto daquilo que lembramos. Eu completaria: somos aquilo que esquecemos. Por que não? Não se pode inventar todas as palavras, nem todos os gestos têm nome, tampouco todas as sensações são traduzíveis. Estou tentando, inutilmente, desde o início, dizer o que não sei, o que não posso. Por acaso, estão mortas as coisas perdidas? Ou estão vivas no vazio e seus espectros? Sigo convocando o passado, sim, maculado das impressões que arrecadei de minhas fantasias, interferi e às vezes dilui o que era denso, espesso, áspero; mereço um pouco de delicadeza, seria isso o amor próprio? Nada mais anseio por vir. Nenhuma possibilidade de cura me confortará. A Indesejada virá, na hora e no lugar certo, a Ceifeira, a Inadiável.

Para a imagem do Jaime não ser varrida da memória, guardo um desenho que fiz, mas qual o sentido de manter íntegro aquele rosto? Pergunto-me e não encontro uma resposta que me convença. Dou-lhe importância demais por não ter algo a contar. Jaime me dizia que eu deveria pensar em mim e que papai poderia se casar novamente, uma madrasta para cuidar das obrigações da casa. Cuidar das obrigações da casa, era o lugar da mulher aos olhos dele? Tentou consertar a fala espontânea e não encontrou argumentos que desfizessem o que estava posto desde longa data. Eu me comportei de forma submissa; os homens, ao redor, feitos do barro de papai. Talvez não fosse um beco sem saída, mas não via para além dele. Hoje, o beco é somente a metáfora da morte, da minha morte.

Joga a pedra, depois diz: é o destino. Escolhi ficar solteira. Todavia, agarrei-me ao discurso da renúncia, abracei-me à insatisfação, àquela paixão romanesca que ressurge como irrealidade, permaneço no devaneio decrépito (desde a sua constituição). Trancafiei-me no labirinto, as saídas bloqueadas pelo viciante estado nostálgico.

Ajustei-me à ordem de papai: governar a casa, cuidar dos seus filhos, ser generosa e dócil — ser mulher aos seus olhos. O incesto caricato. Talvez seja isto: governar. O verbo traiçoeiro que me seduziu. Débil fantasia! Só agora posso refletir (o distanciamento traz lucidez) sobre o que se passou comigo, nas vésperas do complexo epílogo. Coloquei-me como vítima das circunstâncias, mas chega sorrateira outra interpretação e me deparo com uma sequência de medos: todos obscuros. Sentada no divã-varanda-mirante, rebatizo as coisas e o mundo, sem a intenção de construir sentidos; estou aqui de mim para mim, num papo para lá da lógica. Ao contrário de Hamlet, não vivo atormentada com o fantasma do papai, quando ele morreu, morreu, de alguma forma, a faceta mais incômoda que construí da nossa relação, restaram outras, algumas até me trazem sossego filial e boas lembranças. Mas, contraditoriamente, ainda me pego agarrada à repetição, outro homem foi surpreendido na flor de seus pecados, sem comunhão, sem extrema-unção, com todos os pecados do mundo pesando-lhe sobre a cabeça.

[Tudo varrido para longe dos pés — Isto — é a imensidão, alertou-nos Emily]

E eu, numa espécie de transe, deixo rolar, deixo vir os delírios, os fantasmas, os mortos. Deixo vir, pois sei que quando eu não suportar a obscuridade e a opacidade das coisas, meus olhos se abrirão, como acontece nos pesadelos; se assim acontecer, espero que o Getúlio se enrosque em minhas pernas e me permita falar tudo de novo de outra maneira.

Lamentava que não era meu aquilo que eu segurava com as mãos cerradas. Ignoro o que me impulsiona a ignorar o desejo e me contentar com a ninharia. Não expunha o desagrado abertamente, mas ele escapava aos meus gestos: no enrugar das sobrancelhas, no intestino preguiçoso, pólipos no estômago, na insônia companheira. Eu não percebia quando a repulsa pelo papai, dissimulada de ternura, ganhava o páreo.

Os demônios despertaram exigindo o ajuste de contas tardio. É isso! Tantos aclives e declives evitei, culpei a todos, sobretudo aos costumes, entretanto, fui eu quem não ousou atravessar o Rubicão. Obediência à lei, ao funcionamento da casa, à voz persuasiva do patriarca, penhorei as possíveis escolhas, *claro, papai; sim; eu faço, eu cuido; tudo bem, compreendo*. Quase um manual de convento: obediência e castidade, serenidade e proteção. Em mim, um estranho ser teimava em querer ser pássaro, porém uma força imperiosa podava-lhe as asas reiteradamente.

A varanda-mirante é a minha luneta, daqui vejo o mundo subterrâneo.

Espero pela morte. Desde o dia em que o doutor me revelou que algo dentro do meu cérebro explodirá que aguardo o fim anunciado. Exigi sigilo médico. Tenho direito a isso, ao menos isso. Compreendi, enfim, posso escolher. Se contasse teria que me submeter ao desejo dos que me querem bem. Não compreenderiam a naturalidade do fim.

A ampulheta segue diminuindo os dias.

Sou habitante dos séculos XX e XXI, procuro algo perdido entre as ruínas, isso me condena à dúvida e ao esforço arqueológico para o qual não tenho a ferramenta apropriada, nem a energia necessária, mas vou por vias suportáveis e tento me presentear com traços inscritos na doçura do abraço maternal. Tenho muitas saudades da mamãe, embora não pareça.

A profusão de objetos testemunha o afeto, como a máquina de moer carne que a mamãe fixava na beirada da mesa, o chã de dentro e o trigo moídos, repetidas vezes, para a feitura do quibe. Aquelas mãos tão parecidas com as minhas, o sorriso espontâneo transmitindo segurança aos filhos,

[Lembrei-me do provocador quadro de Courbet: A origem do mundo]

essas e outras recordações marcam o espaço que ocupei dentro de minha história. Desde que recebi o prognóstico da morte, me ponho a refletir. Conto e reconto para pescar das águas corridas alguma ternura. O passado pode ser alterado quando vem à tona no momento em que já somos outro.

Giro a manivela da máquina de moer carne e através do movimento circular e constante, outro acontecimento simbiótico dá-se, naturalmente: várias passagens vividas surgem, dou de cara com o viveiro onde papai criava várias espécies de pássaros, a delícia de soprar o alpiste consumido e renovar o alimento. A força da miragem e a liberdade da mente de ir e vir na rota dos sentidos e sensações permitem que o som da lenha estalando no fogão, ou da sanfona, ou do coaxar noturno dos sapos se transformem em insubmissas representações, que tanto podem navegar outros mares quanto se dissiparem no vácuo. Imaginar-me numa unidade é uma tarefa complicada: aquela menininha soluçando ou sorrindo no berço, aquela que brincava de amarelinha, a adolescente no colegial, a mulher e a senhora habitaram o mesmo corpo? O presente absoluto morre instantaneamente. Estou quase certa de que é um tempo inexistente.

Tudo se mistura na introspecção letárgica da vida que passa por esta varanda. Quem me dera, separar-me de mim por alguns minutos, ausentar-me de mim. Não nos é concedida uma pausa. Se sim, alguns suicídios seriam evitados. Distraio-me na candura da palavra "filha" vinda da boca de mamãe. Destino para mim é isso: tudo o que já aconteceu e que não se pode mudar — a cidade em que nasci, a família, as escolhas, as inércias. A vida que poderia ter sido e não foi, como disse o poeta.

Não há negociações com Bergman ou com a morte. Por que não recorri aos oráculos, se desde a antiguidade transmitem as respostas das divindades para os questionamentos humanos? Que pergunta está posta há milênios? Que questão sobre mim me atormenta? Qual a pergunta? Resta a escuridão, fecho os olhos e me acalmo, embora a cabeça ainda lateje.

A charrete persiste em vencer o desnível dos paralelepípedos num balançar pralá-pracá, persiste em seguir pela velha estrada de terra, ora a lama, ora o pó, a égua no trote de anteontem; as latas de leite fresco ainda entregues nas casas, assim como os queijos apinhados na cesta de vime. Há um túnel a tragar a nitidez das coisas e eu me desespero vez em quando.

Na condução, Fidélis, o filho-moço do seu Afonso, alheio ao contraste das cores e ao bulício dos sons na aquarela eletrônica, delicia-se com seus contatos virtuais na tela do celular, enquanto grita firme a língua da égua... *ah, êêêê, Princesa... ah, êêêêê, Princesa, isso garota!*

Duas atmosferas, duas faces do tempo, habitam a moldura interiorana.

A cidade encruada não se desenvolveu, vive em lamentações, escrutinando o passado, ressuscitando melancolias, importando sombras.

O Cita vendendo de tudo, seu famoso picolé de nata aliviando o calor, e o lápis na mão da criança reinventando o mundo, criando outro, habitável.

A fábrica de papelão e o comércio de mármore recolhendo trabalhadores com ombros que suportem o mundo e seus entulhos. As pedreiras e suas metáforas, *as mãos tecem apenas o rude trabalho*.

O seu Tatão enrolando o cigarro de palha, é um tal de apaga-acende com suas cusparadas intermitentes, o executivo desconhecido se entrega ao prazer eletrônico-mecânico do cigarro de mentira. O coreto da praça, umbigo da cidade.

A barbearia do Dário, antena parabólica da cidade.

O escadão da Brasilinha, o cartão postal de Pirapetinga — aquarela que muda as cores, hoje verde, amanhã lodo e miasmas, mas não muda a realidade das pessoas, somente o Waltair plantando jardins alivia a respiração ofegante dos operários que correm para não perderem a hora de bater o ponto, com a comida ainda sambando na goela, não muda a realidade do garoto que mora no ponto mais íngreme e carrega a bicicleta nos braços escadaria acima todo santo dia. Quem quer saber do Reginaldo com sua prótese mal encaixada, da Soledade com um filho em cada braço, do Igor entregador de gás ou do carteiro fatigado, do verdureiro Vicente e seus ataques de pânico, do Instalação Trocada lavando carros, da Corujinha promovendo a festa dos meninos zombeteiros, do Pajé fazendo as vezes das carpideiras para herdar as roupas dos falecidos, do Jota amontoando notas de dois reais na velha sacola de leite para comprar os discos de piada do Barnabé, do Tião varrendo terreiros em troca de bebida e compaixão, da Therezinha esquecida no asilo, da Anita vendendo bilhetes de loteria em sua cadeira de rodas ou da Laura da charrete atravessando as cidades com seu séquito de gatos? Tantas pessoas sobem e descem por caminhos compulsórios.

O sol já se pôs, ouço gritos estúpidos e o som desarmônico das panelas; me encolho... não estou pronta... só mais um minuto, meu bem. Assim como Al Berto, *moro longe do mundo e não acredito em nada do que contaram.*

O jovem em seu skate não nota os cabelos prateados do velho que passa ao lado, mas quase se esbarram; não percebe o seu andar vagaroso, risca o pé no chão e ganha velocidade, segue, não reparou quando a primavera se despediu, atrita com precisão o All Star no asfalto da avenida e desce agachado a pequena ladeira, nem sabe da sede do cão que busca a sombra debaixo da carcaça da Kombi, nem a minha presença intui. Deslancha exibindo manobras, o skate e ele voam. O jovem contente sabe que voar é sua meta e vem treinando, exaustivamente, para ir às nuvens. Voar não é prioridade dos pássaros para quem tem um All Star, um skate, uma ladeira.

    Apenas Eneida pressentiu quando cheguei. A indesejada e ceifeira pontual.

Ao longe vejo a mulher em sua varanda-planetário, ali ela captou o quotidiano das vidinhas imutáveis, o vaivém sempre igual, teatro humano a céu aberto. Dali vê-se o mundo. Seus olhos telescópicos observaram astros e estrelas, olhos atentos aos gestos intraduzíveis, pequeninos ou repugnantes; atentos às rodas dos carros e à carroça do leite; do trote do cavalo ao trote do tempo; atentos ao rastejar dos seres como a barata ou ao deslocar assustado do rato ao atravessar de um bueiro ao outro; a bola do menino tentando se safar da mira dos carros; tudo foi suscetível àqueles olhos. As estações retratadas pela grande árvore, interessou a ela; também as cheias e secas e seus sobreviventes; bem como, importou a ela vislumbrar a história: as lâmpadas acesas aguardando as noites cariocas de Machado — viva a eletricidade!, alguém gritou do passado e ela escutou dali de sua varanda-mágica, e a sua boca triste, sorriu. Importa, sobretudo, a manhã que surge todos os dias, Rosário Fusco, ciente disso, reescreveu o Eclesiastes: *apenas o sol é novidade*.

Ela sempre teve a intuição de que me reconheceria quando cruzasse a esquina do mercado, por isso caminho devagar, para que ela afague o gato amigo e coma sua última fatia de pão. O entorpecimento dos braços, o peso na cabeça e a dor no peito, dão sinais de que aproximo. Olhamo-nos de frente, ela quer me dizer algo, mas a dor aguda impede que ela acabe a prece: *Brasil, ai de ti...* O líquido amarelo vaza pelas gretas do assento da cadeira de balanço e se espalha pelo chão com um minúsculo rio.

Apresso os passos, pois a ansiedade a fez antecipar segundos. Afago a sua cabeça e fecho-lhes os olhos, enfim.

Socorrinha

*Não sei quando virá
o amanhecer, por isso
abro todas as portas.*

EMILY DICKINSON

Trabalho para as solteironas desde que a mamãe faleceu, resisti o quanto pude, mas o destino me abocanhou. Ela teve serenidade para lidar com a vida desgraçada, não reclamou da dor, não reclamou do preconceito, do chicote, dos pés rachados, nem da falta de condicionador, do pente que não entrava nos cabelos, nem da rotina de servir, servir, servir. *Não quero ser igual à senhora, vou estudar, vou trabalhar de salto alto, olho no olho, de igual para igual, de cabeça erguida.* Ela não me recriminava, *minha menina, siga o seu caminho, cada qual tem o seu jeito de lutar.* Rejeitei a sua religião, desde cedo, não quis saber de tambores e orixás. Nada disso adiantou, não alcancei o que sonhei, não mudei de estrada. Quando engravidei, trabalhava como caixa no minimercado (melhor do que amassar barro, pegar em enxada, rachar lenha, essas truculências passadas de geração para geração), tinha apenas quinze anos, uma menina ainda. Meus sonhos e expectativas foram minando. Parei de estudar e passei a administrar a casa, as responsabilidades aumentando; em menos de dois anos engravidei novamente, tomando a pílula de farinha. Continuava com a cara amarrada para o meu destino; a acidez dos dias corroendo a sorte, mas nunca deixei de cobiçar outra realidade, do contrário, enlouqueceria. A todo momento, tentava encontrar uma forma de recomeçar, não me entregava. Para prevenir e não me oferecer ao preconceito ou ao desmazelo, ando sempre bem arrumada, ensinei aos meus filhos a não abaixarem a cabeça, a comerem de boca fechada, com garfo, faca e guardanapo, depois fio dental e todas as formalidades e asseios necessários, nunca deixei que saíssem de qualquer jeito pela rua para não serem confundidos com marginais; o Michael ficava danado: *Diacho, mãe, nesse calor não tem quem ande de camisa, toda turma só de bermuda e chinelo*, eu rebatia e não queria saber de negociações com o azar: *diacho, nada! Você trate de me obedecer, não quero filho meu saindo esculachado de casa*. E do jeito que podia, eu me instruía, atenta às notícias, ao modo certo de falar, porque quem fala errado não é respeitado, mamãe falava à sua maneira e eu a corrigia impaciente, ela não concordava comigo, *há diversos modos de se comunicar; viu, menina tinhosa!* e embirrava em preservar a língua pessoal que herdou. A mamãe Salustiana era estimada pela população, um espírito iluminado que transbordava carisma, mas a sua submissão ao sistema injusto e desigual eu não engolia nem por reza brava. Sinto muitas saudades dela, aquele amor todo é que ainda me dá força para reivindicar um local no mundo, e continuar os estudos é a saída que considero válida. Nunca é tarde. Ando de prumo, com fé no futuro. Foi o trabalho que me restou, preciso de salário certo para pagar as contas que se acumulam nas minhas costas. Mamãe ainda conseguiu pegar no colo a neta mais nova, *Talita, minha flor, que linda é você pequenina* — meus olhos se enchem de lágrimas quando me lembro dela. Depois de sua morte, esperei a Talita desmamar e aceitei assumir o seu lugar, afinal, desde pequenina a acompanhava em sua lida doméstica, sabia o funcionamento da casa e conhecia bem os moradores.

Difícil é entender as esquisitices dessa gente e aguentar a chatice da Naira. E não me dou bem é com o Getúlio, vive me vigiando. *Sai daqui! Gato ordinário! Não adianta miar. Não sou alma penada, sou?* Já me tentei a jogar água quente nele, mas tive misericórdia pelo estropício. Tem o papagaio que o Basílio ganhou quando rapazote, vive na janelona da cozinha, com a longa correntinha enganchada na perninha fina — é para não se perder lá fora, dizem. O Gusmão gostava de ficar ouvindo o barulho da água do córrego que passava debaixo da casa. Dele gosto bastante, abaixa a cabeça para receber carícias no cocuruto, às vezes pousa no meu ombro e fica falando coisas sem nexo. Logo mando que volte para o seu canto, porque aqui o serviço não tem fim. Essa gente não sabe nem cozinhar ovo e tem preguiça de lavar um copo.

A Nena, a mais nova, chama aquele cômodo tosco de ateliê, enquanto todos falam *vou lá na sapateira* ou indicam como ponto de referência *lá perto da sapateira*. Chega em casa e corre para o quarto e fica fazendo não sei o quê. Contam que ela sofre dos nervos, tem crise, entorta-se toda e baba — babar, babar, não vi. Acho que é boato de gente à toa. É boa até, não me amola, vive macambúzia e pensativa. Traz uma calmaria boa nos olhos, algo como saudade de algo que nunca conheceu.

A folclórica da Naira, pinta a cara igual a uma palhaça, põe tanto ruge nas bochechas, pensa lhe assentar bem, gosta de se divertir e de rir, ri de tudo, vê graça na desgraça. Uma tonta, não sabe nem o preço do angu que come. Coitada da dona Neida, eles montam a cavalo nela, não decidem nada, uns parasitas. Mas o que me enjoa na Naira é a preguiça e o mandonismo, o tempo todo: *Socorrinha, pega aquilo ali para mim; Socorrinha, traz isso aqui rápido; Socorrinha, já terminou o almoço? Socorrinha-isso, Socorrinha-aquilo,* faz eco na cabeça da gente. Só Jesus na minha vida para eu aguentar essas implicâncias, quando puder me mando daqui. Tenho fé que isso acontecerá breve.

A Neida é da paz, só quer ficar na varanda pela manhã, tirar a soneca depois do almoço e voltar para o seu posto a tarde toda, mas não deixa pendenga sem solução. Na verdade, ajudo bastante, porque não tenho paciência de esperar ela arrastar o corpo gordo pela casa, corro na frente, pego conta na gaveta, vou ao açougue, vou ao mercado, um lembrete aqui, outro ali. Faz pena ver a dificuldade dela para se mover. Agora, dieta nem pensar! Parece esperar por alguém que nunca chega. Ela é legal à beça. A mais sensata da casa. Passa o dia conversando com o Getúlio, como se ele entendesse a língua portuguesa — é seu ouvinte e grande companheiro — esses méritos não posso tirar dele.

Corre o boato de que o doutor Almeida morreu envenenado com café velho, café requentado naquelas máquinas enferrujadas de beira de estrada, sei não, penso, era hora dele, isso sim. Podia ter morrido engasgado com um naco de carne de segunda, igual ao Jaquelino do Grotão. Está cheio de morte humilhante por esse Brasilzinho. Nunca fui com a fuça do doutorzinho sem diploma, olhava de cima e gostava de humilhar as pessoas. Toda hora passa no noticiário, gente estrebuchando nos guetos com o corpo peneirado por tiros; gente vivendo nos lixões, tendo urubu como bicho de estimação. É a seca, é a desgraça, é o descaso. Chamam os miseráveis de vagabundos, de preguiçosos, dizem isso e aquilo. O bolsa-família é que tem dado sobrevida à dona Rita e seus filhos, eles moram perto da gente e eu sei do que estou falando. Sempre que posso, ajudo um pouco. Coitada, vive do jeito que dá, come arroz, feijão e farinha, cada hora uma íngua aponta, nem bem curou a de debaixo do sovaco, vem outra na virilha, é uma macacoa atrás da outra e a pobreza comendo os miolos do marido, sai sem rumo catando guimba de cigarro e gritando sem descanso: *ladrão, ladrão, ladrão, ladrão...* a Rosalva compreendeu bem a situação dele: roubaram-lhe o cais. Melhor seria cortar os benefícios dos bacanudos (de gravata ou de toga), isso sim é pecaminoso. Eu e minha gente sabemos onde mora o problema. Para a Talita, outro futuro, ou não me chamo Maria do Socorro.

Meu ex-marido é pinguço, separei do infeliz, e já passei por ele caído nas calçadas; não tenho mais condescendência com cachaceiro nem com homem sem dente (ó coisa feia, desmazelo igual não tem perdão). A primeira vez em que ele tentou levantar a mão em minha direção, pus o verme para correr. Se eu contar a minha vida, dá para escrever um livro, é de chorar; só mesmo Jesus na causa. Liguei as trompas depois que a Talita nasceu e não teve jeito de me convencerem a mudar de ideia com discurso barato, armei um escândalo no hospital, colocar mais filho no mundo, isso não faço não. Veja bem: eu me cuido, vou ao ginecologista, ao dentista e a outros especialistas, é ter paciência com as caras de alguns doutores concentradas nos papéis, nem ao menos nos olham direito, enquanto a receita vai sendo preenchida. Mexo os pauzinhos para ser atendida pela dra. Paula, ela é diferente e faz direitinho o seu serviço. Nos damos bem. Fiquei nervosa outro dia e botei para quebrar, eles sabem, tenho fama de histérica, então, me dão um pouco da atenção merecida.

Estudo à noite, já terminei o Fundamental, agora quero completar o ensino Médio. Preciso recuperar o tempo perdido. Sim, está difícil conciliar as coisas, há dias em que o cansaço me toma pra valer, mas vale o investimento. Ô se vale! É uma boa maneira de me desligar, por algumas horas, das obrigações do dia a dia. Foi lá que conheci o Darcy... uai, também sou filha de Deus, mereço. Ele ainda não se separou, penso que a soma de mais um pecado, subtraído de uma caridade, fica zero a zero; e que Jesus não me ouça. Fomos ao motelzinho de beira de estrada, ele tem uma moto; é seguro, com os capacetes cobrindo nossas identidades, ninguém percebe ninguém. Não vamos passar disso, não quero saber de complicação, se me firmar com alguém será para me ajudar e não para atrapalhar ainda mais. Foi uma pegação, apenas isso. Quero é melhorar de vida, ser respeitada, se os nossos novos planos derem certo, a Talitinha irá nos salvar, seguirá com os estudos até virar doutora. Ficaria feliz se escolhesse o curso de engenharia civil (ó, fico arrepiada só de imaginar), quando o assunto é levantar parede, me empolgo toda. Tenho projeto de vida, não durmo no ponto. Quando terminar o EJA, faço o curso de auxiliar administrativo do Senac e de Noções Básicas de Computação. Terminando, entrego novo currículo no departamento pessoal da fábrica de papelão, o que deixei no ano passado não tem serventia, está quase em branco. Assim que puder, compro uma máquina de lavar roupas. O sonho de libertação da dona de casa. Com o cartão do Ponto Frio ou das Casas Bahia, poderei parcelar em até dezoito vezes sem juros, eu é que estou sempre comprometida com as contas atrasadas. E não quero comprar qualquer uma, quero uma Brastemp. Bonita. Eficiente. Foi assim que comprei há três anos o micro-ondas, quebra o galho para esquentar a comida ou quando precisamos ganhar tempo, mas fico cismada com o boato de que causa câncer, então, não exagero. Não dá mais para ficar esfregando peça por peça, assim o unheiro não sara nunca. Sonho em apertar as teclas eletrônicas da Brastemp prateada e programar tudinho, as roupas saindo quase secas, uma beleza, facilita até para passar.

Aqui nas Almeida a máquina de lavar recebe as roupas de cama, toalhas e tralhas velhas; a minha função é colocar para lavar e pendurar no varal; a Donana, há anos, pega a trouxa com as peças delicadas na segunda-feira e devolve na quarta-feira — quando aproveita para passar as que secaram da remessa que lavei. Melhor para mim, menos um serviço bruto. A lavadeira é uma tonta, vive se gabando de ser indispensável, ainda usa anil e coloca as roupas brancas quarar no sol e esfrega tudo à mão. Coisa arcaica! Outro dia, emendou um papo com a dona Neida sobre a eficiência do ferro de engomar movido a brasas, ficaram um tempão conversando sobre as diferenças do ontem e do hoje. Donana sempre rindo com a boca murcha, aposto que a dentadura está descansando no copo de água com bicarbonato de sódio, enquanto ela fica rodando pelas ruas sem dente; me dá uma antipatia! Jura de pés-juntos que gostava de manusear o ferro pesado e que sente saudades da lida bruta, ri mostrando as gengivas quase roxas, jura que se orgulha de conservar um no parapeito da janela, *hoje, abrigando umas florzinhas*. Fogão à lenha não saiu totalmente de uso por aqui, eu ainda tenho um improvisado no terreiro, serve para economizar gás quando vou cozinhar feijão, bucho ou outras coisas mais lentas. Donana é minha vizinha lá na ocupação, coitada, o filho se prostitui, à noite fica na baixa ladeira oferecendo o rabo. Ela vive falando asneiras, *esses incêndios no estrangeiro, mia fia, todo mundo pensa que é artimanha do calor, dos eucaliptos ou da binga de cigarro, mas foi o Coisa Ruim que atiçou as labaredas para dar um susto na humanidade que tá perdida. No poder de Deus ninguém bota fé, Jesus tá voltando... não vai demorar, vê só o que tá acontecendo no rio Iguaçu, os cientistas do mundo tão loucos e não conseguem explicar por qual motivo o rio recuou quatro metros e tá engolindo a água de modo invisível, eu sei, sei, a palavra de Deus não engana, é sinal do fim dos tempos, Deus mandará em seguida o tsu-*

nâmico e abrirá a goela da terra que engolirá todo mundo, Jesus tá voltando e o povo aí com essa conversa fiada de ecologia, não, Deus não aguenta mais perdoar e atiça o fogo para consumir os pecados. O pastor é que está certo, é um homem sábio, nunca discordo dele, nunca. O que ele mandar fazer, faço de olhinhos vendados. Nem ligo, a conversa entra num ouvido e sai no outro de imediato. Papo besta! E os pastores cada dia mais ricos, fazem promoção no mercado da fé com cartão de crédito. Donana e outros aí só pensam em desgraças e dão justificativas para tudo em nome de Deus. Quanta ignorância! E eu tenho que aguentar essa gente falando pelos cotovelos na porta da minha casa.

Não estava habituada com os vizinhos colados uns nos outros, vivíamos com privacidade e sem a intromissão de tanta gente na nossa vida; trabalhar na roça era duro, o lampião iluminando o breu da noite, acordar com as galinhas, carne conservada na gordura de porco, sabão de sebo catinguento, ariar panelas e tachos nas cinzas para ficar luzindo e servindo de espelho, cupim comendo as madeiras, mas a vida era tranquila, sem correria e tínhamos espaço sobrando, a casa mais próxima ficava há quase um quilômetro da nossa, não me sentia sufocada. Fomos saindo da roça para tentar melhorar de vida, a maioria não teve escolha, sobraram os piores bairros para nós, loteamos as ladeiras do Ibitinema no Estado do Rio. A pobreza veio puxando outras desgraças, como a violência, a moradia indigna, o esgoto a céu aberto. Hoje nem dormimos sossegados com medo dos nossos filhos pegarem um caminho sem volta. Nem aqui no interior temos a paz de antes, não confiamos em deixar as roupas no varal, andamos com a bolsa grudada no corpo, celular travado nas mãos, mas se a arma aponta de longe, é largar tudo. Imagina como vivem os brasileiros que moram nessas cidades em guerra, parece que acostumaram, não demonstram susto com os corpos abatidos, o tiro chega de qualquer lado e a indignação se apaga com a rapidez de um relâmpago, *é assim mesmo*, e danam a dar exemplos de casos escabrosos. É o que vejo nos noticiários. Bom, deixa quieto, senão enlouqueço pensando nas novas táticas de sobrevivência que nos ensinam: obedecer ao bandido... não reaja, não enfrente; não confiar na polícia; nem nos políticos, nem na justiça; oh, nem em pastor fominha de dinheiro. Imagina! Estamos rendidos ao desamparo. Melhor forçar para pensar em coisa boa. Chupitamalaca!

Não aguento mais esperar, assim que puder largo esse emprego de merda. Desconfio que os Almeida não têm mais a boa condição financeira de antes, vejo o esforço da Neida para equilibrar as contas e fiquei sabendo que as terras deles não valem quase nada. Ninguém mais quer morar nesses matos — o Basílio vive dizendo isso. O Maromba está num abandonado sem igual, parece um povoado fantasma, com uma carcaça de casa aqui, um esqueleto de loja acolá, a capelinha do Divino caindo aos pedaços, mato alto cobrindo tudo, só os mortos não saem de lá. Somente os imóveis da cidade garantem a renda dos Almeida. E restou o sobrenome para fazer vista. O certo é que o meu salário nunca atrasou. Ainda bem.

Acho injusto, a gente também quer garantir (e construir) um lugar digno para os filhos e netos que virão. Participei de um consórcio de dinheiro, foi a Dagmar da rua de cima que organizou, correu tudo certo, mas quando chegaram oferecendo um outro método, pulei fora, *esse negócio de pirâmide é grana fácil, Socorrinha*. Faço uma simpatia para atrair mais *money*, aprendi com uma prima quando eu era criança e nunca mais me esqueci. É uma simpatia boba, escrevo mensagens nas notas, principalmente nas de dois reais, as outras fico com dó de rabiscar, a tartaruga há de andar mais rápido, de vez em quando escrevo na garça; na arara, no mico-leão e na onça escrevo bem de levinho, pois tenho medo da recusa no comércio; mas se acontecesse, negaria com convicção e juraria que já peguei rabiscada. A Casa da Moeda que se responsabilize por lavar a sujeira. Na nota de cem eu nunca toquei. Vejo de longe na mão dos outros. Só Jesus na minha vida, hei de sonhar um bom sonho e jogar no bicho a milhar da sorte, aí compro a máquina novinha em folha.

A Excomungada, depois de anos sem dar notícias, sem que soubéssemos o seu paradeiro, ligou para o filho anteontem. Basílio me pediu sigilo. *Segredo de Estado, viu!* Não quero saber de confidências; por que contou para mim? Deveria contar para as tias ou para o pai. Ela ligou para rogar dinheiro. Imagino a conversinha mole, tentando bancar a mãe arrependida e saudosa. É uma safada. Tipinho! Contou que estava passando uns dias com uma prima numa cidade do interior do Espírito Santo. Deu o número da conta, o bobo fez o depósito; não no valor que ela pediu, mas o que tinha no bolso. O garoto ganha pouco, mas quer mendigar um cadinho do amor que não teve. Só pode ter sido orientada por um cafetão. Depois do anonimato de anos, chegar assim de supetão para explorar o filho que não viu crescer. Bem feito, nada deu certo. O Almeidinha iria levantar a crista se soubesse disso. Fico olhando para ele e cresce a piedade, ó homem bobo! Não se esqueceu da Excomungada, fica aí se iludindo com outras, apesar do chifre que levou, não se esquece da dita-cuja. Falei para o Basílio, não quero saber de escutar confidências, a língua pode se desenrolar, e o sigilo escapar sem querer, aí me estrepo. Não gosto disso. Certa vez, a minha irmã me contou em voz baixa que iria fazer uma surpresa no aniversário do Tiaguinho e não é que quando dei por mim, falei sem querer na frente do garoto sobre a festa, me esqueci de que ele era ele. A Ceição, que me conhece bem, tentou contornar, mas a surpresa ficou comprometida, e ele fingiu que não sabia de nada quando os convidados escondidos debaixo da luz apagada começaram a cantar "parabéns pra você". Boa é a resposta famosa que o Neves deu ao barbeiro quando este quis confidenciar uma fofoca e lhe pediu que não comentasse com ninguém: *meu amigo, se o dono do segredo não consegue guardá-lo, muito menos eu.* Por outro lado, fiquei comovida pela confiança. Uma vida trabalhando para essa gente, mereço crédito.

 Fico pensando nisso tudo, enquanto tento uma nova receita, não me dou com a massa de pão de queijo, ou fica dura, ou queima, ou fica cru por dentro; não adianta, os ingredientes não se ajeitam em minhas mãos. A padaria entrega pela manhã junto com o pão francês, a Neida não fica sem a fornada diária de pão de queijo. É olho gordo do gato safado... fica me rodeando com seu jeito ardiloso, encrua até pastel de vento... *Sai daqui, peste!* Estou aqui tentando imaginar os motivos que podem levar uma mãe a sair de casa e deixar o nenê de colo. Não sei como se faz isso. Os homens sim, sei de um tantão assim ó, viram as costas e seguem. Por outro lado, deve ter sido difícil conviver com o Almeidinha, ó homem mimado! Que falta de paciência! Credo!

E homem sensível assim não deve dar no coro, e aquela, pelo visto, era fogosa. *Pare, Gusmão, de fazer merda. Ô Papagaio que não para de cagar, o chão já está cheio de imundice. Esses bichos me atentam.* Pensando bem, não tenho nada com isso. Preciso é fazer os exercícios que estão virando páginas do caderno.

Hei de desviar o curso do rio, por Jesus, hei de espantar o azar.

Ó Jesus, depois de tanto sonho e investimento, outra tragédia. Como isso foi acontecer? Não consigo segurar as lágrimas, choro por mim, choro pelo Michael. Acidente na pedreira? Ninguém me conta direito, ele saiu de casa cedinho, cara lavada, café tomado e o que seria mais um dia de biscate, acabou nisto: ficou aleijado o meu menino. Os médicos não falam a nossa língua, não me consolam com um diagnóstico positivo, *senhora, depende do organismo; temos que aguardar*. Sou mãe, né. Então, é isso. Os estudos que esperem mais e mais. Tenho a sensação de estar retornando, repetidas vezes, para o mesmo lugar, onde as portas estão sempre fechadas. Andando em círculo, contornando a vida miserável que conheço de cor, só Jesus na minha causa. E se o menino não puder andar mais? Penso nisso dia e noite, preciso ter fé, ele é forte, jovem, vai continuar lutando, irá conseguir uma benção, sim, é claro que vai. Fé, Socorrinha! Não é justo, nada é justo, nunca foi e não será agora. Erga a cabeça, mulher! Ordem besta que ouço de mim, me erguer, como? Impossível não desabar. Estou exausta e sem paciência para ponderar.

Continuar cozinhando, lavando, esfregando para os patrões, ainda aguentar esse gato renitente que fica aqui me espiando, deve estar satisfeito com a minha tristeza. A gente não se dá desde eras passadas. O papagaio gritando no gravador-caixa-de-peito: *Getúlio. Neida. Tomar no cu. Nena. Socorrinha. Tomar no cu. Almeidinha. O riacho secou.* O Getúlio olhando com superioridade para o pequeno algemado na mureta da janela. Se quisesse comia o bichinho, mas é antagônico, não gosta de carne crua, nunca o vi com um rato na boca, acho que tem nojo, tão oposto à sua raça. Sabe ser cruel com sua cara de vencedor quando me vê abatida como estou.

A pedreira não se responsabilizou pelo acidente e ele não estava fichado. Dizem que não terá sequer direito ao auxílio doença. O cachaceiro do pai bem que poderia cuidar do filho entrevado, afinal estamos todos amontoados no Ibitinema, mas não posso confiar. Quando não está sob o domínio da bebida, faz tudo direitinho, porém não aguenta as cobranças do dia a dia e se entrega à garrafa cheia de pinga, porque nunca teve dinheiro para o drink digno, o homem bebe fazendo careta.

Sentei-me no chão da cozinha, espremida entre a geladeira e a parede, com uma xícara de água quente com açúcar, gosto de pegar a água doce do preparo do café e tomar como calmante nas horas de tremedeira. As lágrimas caindo igual cachoeira, o nariz fungando, mas as mãos firmes segurando a caneca. E para completar, a impertinente da Naira não para de me chamar. Encolhi ainda mais e fiquei torcendo para que ela não me achasse, mas o delator do Getúlio começou a apontar o miado em minha direção, vício de gato dedo-duro. Ela se sensibilizou com o meu estado, ficou agachada perto de mim falando coisas boas: *fica assim não, Socorrinha, ele volta a andar, faz fisioterapia e melhora. Oh, nós vamos te ajudar, viu!* O carinho da Naira tocou o meu coração e então, do jeito que a gente estava, agarrei no pescoço dela e ensopei aqueles cabelos ralos de lágrimas, ela também chorou e me tirou do chão frio. Isso foi bom, são poucos os momentos de arrego entre nós. *Oh, e depois que tudo passar, você volta para seus estudos, nunca é tarde, se quiser peço ao Basílio para ver se tem o curso pela internet, aí você usa o computador dele ou o da biblioteca ou eu mesma posso te preparar para o tal exame, como é mesmo o nome?* Engoli o soluço e respondi de um só fôlego porque estava na ponta da língua: *Exame Nacional para Certificação de Competência de Jovens e Adultos, vulgo* ENCCEJA.

Enfim, mais calma, voltei para o fogão e passei o café, adiantei as coisas do almoço. Reclamo, mas nem sei o que fazer se elas me dispensarem. Tomara que isso passe logo, pois o melhor são as minhas birras com a Naira. Ri de mim, por cima da dor. Ela boazinha é sem graça. Eu ria de nervoso, enquanto procurava um remédio para a cabeça que latejava.

Estava limpando-secando-esfregando-lustrando e já adiantava a janta. Parecia um dia calmo, agradável até. As brasas que restavam da lenha quase toda queimada aqueciam o bule de café, a trempe ainda quente assava uma banana nanica, colocaria açúcar e canela. O Gusmão cochilava em cima do armário. Eu tentava em pensamento encontrar uma saída para os problemas. Como retornar aos estudos e não abandonar os meus filhos? Coçava a cabeça, sem encontrar a solução. Peguei um papel e comecei a rabiscar as minhas despesas, ativo e passivo não se alinhavam como nas aulas, o resultado da equação sempre negativo. A aquisição da máquina de lavar roupas ficando para depois, e o tempo que corria num foguete supersônico engolia minhas possibilidades e sonhos. Para piorar tive que comprar um colchão especial para o menino acamado. Fui até a janela para respirar o ar puro. De repente, o Gusmão acordou agitado, gritando sem parar todas as palavras que aprendeu, senti logo um arrepio no casco da cabeça. Já estava apreensiva, e tive a certeza de que algo acontecia quando o Getúlio disparou num miar dos infernos. Pressenti algo grave, porque ele me olhava com seriedade e dava sinais de aflição. Corri para a varanda e ela estava caída numa poça de mijo, Getúlio desesperado lambia o rosto da amiga. Gritei por socorro, daí a poucos minutos, vizinhos e conhecidos encheram o ambiente. Não sabia o que fazer, as pessoas ditavam ordens, *liga para o Basílio. Faz massagem cardíaca, chama a ambulância* e eu sem condições para as providências, só com as mãos na cabeça gritando *ai, meu Deus; socorro, meu Deus*.

Quando dei por mim, estava sendo amparada por um por outro, água com açúcar, massagem nas mãos, aparelho de pressão nos braços, palavras de consolo. A Neida ainda no chão, mãos se revezando num bombeamento pesado. Coitadinha, de manhã me pediu um comprimido de paracetamol para dor de cabeça, depois não se queixou mais. Daí a pouco, vi uns homens de jalecos brancos e o Dr. Cláudio aplicando uma injeção. Cortaram a blusa dela com sutiã e tudo, tadinha ficou ali quase nua. Não gostei daquilo, mas me calei, os peitos se esparramaram, a barriga inchou. Oxigênio, correria. Levaram a Neida numa maca, e eu perguntei para o doutor, *ela ficará boa?* Ele enrugou o queixo e me olhou de viés, então, percebi que o recado não era bom. Chorei muito e pedi para a vizinha de frente ligar para a família, dei o pedaço de papel com todos os números dos telefones que ficava na geladeira fixado pelos ímãs da farmácia e do gás.

Não me acalmava, tremia igual vara verde, alguém repetiu a dose de água com açúcar e eu me abanava com a tampa de uma caixa de sapato. Eles foram chegando, primeiro veio a Naira com a cara branca, gritava comigo, nervosa, me questionando: por que você não fez isso, por que não fez aquilo. Entendi que não era o momento certo para revidar. Fiquei escutando ela dizer sobre o futuro e as mudanças rigorosas que faria na alimentação da irmã. O Almeidinha chegou já descontrolado e não sabia o que falar ou o que fazer. O Basílio foi o último a chegar, estava com a cara ensopada de choro, quando nos abraçou, entendemos que ela havia nos deixado. Já a levaram morta. Choramos os quatro, unidos como bichos acuados.

Amigos se dispuseram a ajudar o Almeidinha e o Basílio com as providências burocráticas, acabaram descobrindo que ela havia adiantado muitas coisas, uma cartinha na gaveta dos documentos com a descrição da roupa com a qual queria ser enterrada, o seu lugar no cemitério comprado e quitado, a distribuição de uns pequenos objetos para os familiares e o pedido de que eu, Socorrinha, tomasse conta do Getúlio com zelo e carinho; estranhei, mas de tão comovida que fiquei, fiz imediatamente as pazes com ele.

Uma tristeza sem fim, cada hora um engasgando com o choro se lembrava de uma de suas virtudes. Durante o velório os conhecidos se revezavam servindo café e lanches rápidos, enquanto as horas corriam em direção ao adeus.

Mais tarde, a Nádia chegou com o Orlando e foi outra choradeira. Muita tristeza, estávamos inconsoláveis. Estava com uma expressão terna dentro do caixão, parecia que queria nos acalentar. O que será desta casa sem a Neida?

O Almeidinha me entregou os presentes que comprou em São Paulo, fiquei feliz e agradeci a gentileza, abri um por um na frente dele, mas quando vi o dicionário de inglês/português, ele percebeu que para mim tinha valor maior, porque escancarei o contentamento, apertando o livro contra o peito.

Estava decidida a investir na Talita, pois ela gosta de estudar e tenho fé que irá ser uma pessoa valorizada, instruída. Terá uma boa formação universitária, mas para isso precisa focar na escola para não perder nenhuma chance. O Michael não conseguiu completar os estudos, não se adaptou à escola, uma bomba atrás da outra; desistiu e não teve chinelada nem castigo ou agrado que o fizesse mudar de ideia, tomou birra dos professores, *mãe, estou marcado, tudo de errado que acontece lá, apontam o dedo para mim, não aprendi o bê-á-bá e agora não dá para recuperar.* Não soube defender o meu filho, se fosse hoje, armava um barraco desde o primeiro período e acompanharia de perto o desenvolvimento do garoto, mas naquela ocasião não sabia o que fazer diante de tanta carga sobre os meus ombros.

Sei também que criança precisa de brincar. Os meus filhos brincaram a valer. Quando o Pirapetinga era mais limpo e o homem mais gentil, eles aproveitavam e se esbaldavam nas suas águas; hoje é sujo igual a tanto outros. Na época das chuvas enche à revelia, ainda mais quando os criminosos abrem, sem aviso prévio, as comportas das usinas e provocam inundações avassaladoras. Ficava preocupada com afogamento, porém deixava nas mãos de Deus. Jogavam bola, rouba bandeira, trepavam nas árvores, subiam nos altos dos morros — às vezes só para ficarem conversando debaixo de uma árvore, olhando a cidade de longe. Nunca tive medo de trabalho, já o pai deles foi perdendo os dentes e a vergonha, só na bebida e na putaria. Em meio aos problemas e a imaturidade, acho que fui uma boa mãe (afinal tive um exemplo maravilhoso em casa, de nada posso reclamar, carinho, afeto, compreensão nunca faltaram para mim e meus irmãos). Gosto de me lembrar de como chegavam em casa com os gogós ensebados de tanto brincarem e fazerem travessuras, queria que eles aproveitassem a infância, porque nós tivemos pouquíssimo tempo para as brincadeiras, trabalhamos desde pequeninos.

O Almeidinha não economizou moedas e comprou um dicionário grosso, com muitas palavras, fiquei num chamego inútil com o livro, acariciava as suas páginas como se fosse a pele de um bebê, com cuidado para não sujar ou amassar, estava entusiasmada como se fosse eu quem decifraria a língua estranha. Tenho fé em Jesus Cristo de que a Talitinha irá enfrentar essa gente que torce para que as coisas continuem como sempre foram. Ela falará de igual para igual com as filhas do doutor Freitas, que todas as férias vão para a Argentina esquiar, depois esnobam o povo com a publicação de fotos nas redes sociais. Veja que tolice! Com tanta coisa boa que deve ter para fazer pelo mundo, preferem se entupirem de roupas e ficarem gemendo de frio.

A Talita está se esforçando. É inteligente à beça. Eu não peço que me ajude nas tarefas de casa para não atrapalhar os estudos. Coitada, tem hora em que as olheiras arroxeiam, mas é teimosa e quando chego tarde a casa está razoável e a janta ajeitada, *mãe estou estudando todos os dias para a prova do Enem, confesso que estou com medo, tanta matéria,* tentará vaga para a cota de negros no... sempre me esqueço o nome, vou pegar a anotação que a minha menina fez num papelzinho que trago na carteira,... Aff! É Sisu e ProUni, vou ficar repetindo até decorar..., a Talitinha tentará os dois, sei que um é para universidade do governo e outro é para particular, confio nela, além do mais não entendo tudo, apesar de ter me explicado mais de uma vez. Faço qualquer coisa para que ela siga em frente de cabeça erguida. Já abri uma poupança na Caixa Econômica Federal para bancar as passagens de ônibus na época das provas do vestibular, só coloquei cem reais, valor mínimo para o depósito inicial. Se preciso faço empréstimo, sei lá o que mais, a gente se vira, né!

Folheava o dicionário sem afobação — lia em português e tentava soletrar em inglês. Difícil é enrolar a língua para falar com a elegância do Obama. Ô homem digno! Têm umas músicas internacionais que adoro, mas não sei nem pronunciar corretamente o nome do cantor. Michael Jackson é fácil, então coloquei no meu filho, o que me incomoda é quando uns e outros aportuguesam, queria que todos o chamassem por Maicon. Madonna é um nome bom de pronunciar, sem querer ofender ninguém, coloquei na cadela lá de casa. O que consigo expressar vou aproveitando. Quando a minha filha estiver adiantada nas aulas, pedirei para me ensinar a falar uma dúzia de palavras. Peguei palavra por palavra do *i love you* para ver a tradução. Amor para mim é uma palavra incompreensível, não tive sorte na vida, só conheci homem estragado. Nem sei o que é a paz de que os apaixonados falam, claro não estou morta, um namorico aqui, outro acolá, mas o coração anseia receber um alívio, uma mão para a caminhada. Tenho saúde, está bom, né! Ou não? Lembro-me dos tempos de mocinha, das minhas expectativas, dos sonhos frustrados, parece que foi ontem, porém ainda tenho fé em Jesus que mudo o prognóstico da nossa vida.

Saí da hipnose e guardei com cuidado o dicionário na bolsa a tiracolo, depois mudei de ideia e o ajeitei na bolsa de papel da Loja Sete, para não correr o risco de criar orelha em alguma folha. Conversei com o coordenador do cursinho e o Otacir vai liberar uma bolsa de setenta por cento de desconto na mensalidade. Cansou de me ver por lá toda semana choramingando e listando as injustiças. Talitinha, em nome de Jesus, assistirá a filmes americanos sem precisar de dublagens ou legendas, igual aos filhos do Marconi. Nós duas rimos juntas, entusiasmadas com o futuro, conversamos sobre as profissões que há no mundo. Para prevenir, em determinada hora, derramo a pregação de mãe: *mas, cuidado para não ficar metida à besta, fazendo cara de nojo para o seu passado, isso não combina com o que a sua vó me ensinou e te repassei!*, ela escuta com cara de deboche e responde: *credo, mãe!* E voltamos a sonhar com estrada abrindo espaço para a gente também poder passar.

Muitas garotas não se previnem e engravidam por descuido e se dão mal como eu. A maioria dos homens que conheço não quer saber de compromisso doméstico, ajuda a lavar as louças e acha que está sendo moderno. O Laurindo, ex-marido da Efigênia, fez tudo quanto é tipo de falcatrua para enganar o juiz, no final deixou uma pensão minguada para os quatro filhos. O Aldo se mandou sem olhar para trás, a menina dele teve que ir ao psicólogo, tão triste ficou com o sumiço do pai de outrora. A carga bruta sobra é pra gente. Veja o estropício que arrumei, mal se aguenta em pé. Não quero que a Talitinha herde a sina da bisavó, da vó, dos tios; não, por Jesus, seguirá outro caminho. Marquei ginecologista e já conversamos sobre sexo, fiquei com a bochecha vermelha e ela me cortando, *já sei, mãe; para, mãe*. E eu nem aí, continuei tentando ser moderna, admiti que era bom demais, mas que era preciso inteligência e completei com o que aprendi no programa de aconselhamento que passa à tarde na televisão. A Samanta, minha comadre, vive repetindo: *Socorrinha, ser mãe não é tarefa fácil, porque filho não vem com manual de instrução, a gente vai arriscando e vendo o que dá certo, importante é ter bom caráter, honestidade e fé em Deus*. E os meus têm tudo isso.

Não falto às reuniões de pais, aprendi com o tempo a ficar atenta ao desempenho da menina. Digo para ela: *tem que se esforçar mais do que os alunos de escola particular*. No colégio público a gente tem que se virar com professor entrando de atestado médico por causa de estresse, goteira do teto impedindo o uso da sala, dias sem aulas por causa das greves por melhores salários. Digo para ela: *depende de você, muita garra, filha*.

Juro, essa não deixo largar os estudos. Com diploma está difícil, imagina sem?

Não sei mais o que fazer pelo Getúlio, ele não se conforma. Desde a morte da Neida que tudo desanda nesta casa, sinto arrepios constantes e tenho maus presságios. Eles não sabem se virar sem a matriarca. Acendo uma vela para as almas toda semana, para iluminarem o caminho dos patrões. O gato está fraco, temo que não sobreviva, agora que estamos de bem, não sai de perto de mim, no seu olhar uma tristeza sem limite. Pena que não sei falar a língua dele como a Neida, ele está sofrendo com a ausência dela e eu não sei como consolar o bichinho.

Desde que a Excomungada chegou, o Basílio se revelou e tem necessidade de gritar ao mundo que é quem é e se veste feito mulher. O danado tem bom gosto, encontrou uma costureira que entende de corte e elegância. No Ibitinema estão falando que ele usa as calcinhas das tias. Não entendo dessas coisas, minha filha diz que sou careta e o que conta é ser feliz. Então, finjo que compreendo, mas com a vida de cabeça para baixo, como vou ter tempo de decifrar o ser humano. O certo é que gosto do menino, é carinhoso, generoso e tem bom coração. O único daqui que me cumprimenta com beijinhos, *três para casar* — ele brinca, torcendo para que eu me apaixone para me catimbar depois. Agora está concentrado nos estudos, quer passar em concurso público, diz que está preparado para ir embora daqui. A casa está destinada a ficar vazia, porque maltratada está há um tempão, precisa de uma boa reforma, reparo nas rachaduras que começam a se alastrar, ninguém me ouve quando aviso sobre a decadência, portas e janelas empenadas, tacos soltos debaixo dos tapetes. Temo que o telhado desabe.

[a casa da Olga, no baixo Ibitinema, não resistiu à passagem do tempo.

Buuuu! A casa simplesmente desapareceu! Não está onde esteve por décadas, não abriga mais ninguém. Morreram, a casa e a velha Olga.

O pé de jambo com seus frutos vermelhos marca o lugar onde a família se escondia do calor implacável, onde se benzia o mau olhado, se curava a frieira, o cobreiro, o quebranto, a espinhela caída, o vento virado. A Olga era uma benzedeira, era uma guerreira, era mãe do Antônio Robert André, do Tizé, da Glorinha, da Maria da Conceição, do Darcy, da Jandira, do Gelicério, da Célia Maria, das duas Rosas, da caçula Olga Perina; a velha era madrinha de um montão de filhos da ocupação. A morada da curandeira ainda pode ser vista nas filmagens da enchente de 2012, em que casa e rio disputavam o mesmo espaço.

A casa da Olga com suas janelas, portas e parapeitos preenchidos pelo azul clarinho do giz de cera, agora depósito de pedras. Ficava no início do calçamento de paralelepípedos de quem vinha da zona rural, era o *pit-stop* para a lavação dos pés, para uma prosa, um café, para a chegada e a partida.

A casa da anciã foi o domicílio de muitas biografias, várias gerações pisaram suas tábuas barulhentas, albergue de tantas almas deste e doutro mundo. O telhado feito como nos desenhos das crianças abrigava morcegos, teias de aranha, insetos e outros seres minúsculos; em dias de chuva, goteiras se formavam nas trincas das telhas quebradas, baldes amparavam as quedas das águas.

Do fiapo de córrego, onde os patos e marrecos se banhavam, não restou nenhuma verdade, do alto do jambeiro, os frutos deixaram a marca no solo como se a ausência delas, da casa e da velha, tivesse sido um duplo assassinato.

Havia um pé de carambola nos fundos da casa da velha de face enrugada e mãos tomadas pela artrose. Nos fundos do quintal, havia um portãozinho que dava para o nada. Ou teria existido uma plantação de arroz no brejo próximo ao rio, seu vizinho mais íntimo? Havia o jacaré empalhado, eternizado na parede da sala e as lagartixas escalando paredes sem medo de serem devoradas. Havia o ventilador sem a proteção frontal, rugindo como uma fera. Havia júbilo: crianças brincando de esconde-esconde debaixo da casa, descobrindo sobre a vida e a morte ao dividir o espaço com os ninhos das aves.

A casa anciã não suportou tantos anos sendo invadida pelas águas do Pirapetinga, não aguentou a lassidão generalizada, o infarto do mais velho, o acidente do neto, o câncer hereditário, o desencontro (por onde andará a Geralda, irmã adotiva?), não se conformou com o silêncio da sanfona, com a falta de dinheiro para reforçar as vigas.

A casa desapareceu da noite para o dia.]

O Almeidinha anda com a cabeça baixa, tenta disfarçar, mas é nítido o seu tormento. Se imaginou que ela viria para pedir a reconciliação, caiu do cavalo. Está trabalhando no salão, faz unha, faz sobrancelha, faz depilação e limpeza de pele — aprendeu muita coisa rodando pelo Rio de Janeiro. Ganhei uma cortesia, vou lá na sexta-feira dar um trato em mim. Ouvi dizer que ela está de caso com o Alencar, se for verdade, quando o patrão descobrir, sei lá como irá reagir. O Almeidinha continua frequentando o Inferninho, a quadra da Escola de Samba Unidos da Brasilinha, explora todos os cantos da cidade, sobe e desce morro o dia todo; mas cadê aquele homem benigno de antes? O pobre anda atormentado. O próprio Alencar foi quem, durante todos esses anos, colocou mais lenha nessa fogueira com o papo besta de honra e vingança, atazanou o quanto pôde a mente fraca do colega. Soube que o traíra e a Madá saíram para dançar no sábado passado e ficaram aos beijos pelo salão. O dito-cujo anda espalhando aos quatro-ventos que o Almeidinha é fraco das ideias e que não sabe tratar uma mulher como a Excomungada. Muitas lereias e difamações pairam sobre nossas cabeças. Isso é traição que se faça a um homem desorientado como o patrão! Se esqueceu de que mamaram no mesmo peito. Escuto de um tudo. Só Jesus na vida dessa gente espiã e alcoviteira.

    A Nena continua amuada, mas está mais serena. Intuí um golpe que, segundo ela, está sendo arquitetado desde a eleição passada. Teme o retrocesso e o ódio. Meu coração dispara com medo de que suas premonições estreitem a estrada da Talitinha (Deus nos livre!). Se tenho ídolos, são dois: o Lula, pelo que fez por nós (de vez em quando acendo uma vela para o santo dele) e o Obama, pela raça e competência, (um verdadeiro Orfeu para brilhar no meu carnaval, quem me dera ter um sósia dele ao meu lado). A Nena de bom humor descamba a falar de filosofia, não entendo quase nada, acho até que delira, mas noto algo de sublime em suas palavras e chego a me emocionar quando ela fala sobre o amor e seus contrários. Bem que gosto de ouvir a menina, aplaca a solidão da lida diária e acabo aprendendo um pouco com ela, e ela comigo, pois tem experimentado algumas receitas e desvendado meus temperos. Está mais corada. Fez bem em fechar o ateliê, estava dando murro em ponta de faca, o tempo gira a toda velocidade, quase ninguém mais valoriza o trabalho artesão, quase ninguém quer saber de bordadeiras, de rendeiras ou de sapateiras. A Naira, a intragável, é que anda queixosa, tem que escutar piadinhas de mau gosto dos sócios do Campestre, então deixou a natação de lado, e não tem ido aos encontros com amigos. Anda fraca da memória, esquece compromissos, não se lembra das coisas mais simples, sei não, mas acho que é nova para estar caducando. O povo daqui parece que não tem o que fazer, preocupado em alcovitar a vida alheia, implica com tudo, e a coitada é das aparências e não sabe lidar com as divergências, se fosse eu, dava um basta nas fofocas.

Pois eu? Estou feliz, meu filho está se recuperando, já anda com a ajuda das muletas, a menor continua animada com os estudos de inglês, quando ela chega da escola, me ensina palavras estrangeiras, acho tão bonito, peço para repetir, aprendi a falar umas coisinhas, sei agradecer, dar bom dia, dizer como me chamo. Felicidade é isso, esse engatinhar de pobre; um degrau, dez rojões. Um dia de cada vez. Conversei com a vizinha de parede-meia, garantiu para mim que o meu menino pode ficar com ela até eu retornar lá pelas onze horas da noite. Ainda estou tentando convencer o Michael a seguir o meu exemplo e retomar os estudos. Quero tirar o menino de perto das más companhias que andam rondando o nosso portão, oferecendo dinheiro fácil, mas eu não desgrudo, *filho, dinheiro fácil para gastar na cadeia?* Ele está contrariado, sem poder trabalhar e sem o apoio da pedreira, não pagaram sequer um exame — o patrão culpou a imprudência e trouxe o advogado a tiracolo para intimidar. Deixamos para lá, porque vivemos nessa chantagem; se denunciarmos, as portas e vagas se fecharão. Perco a paciência não, converso muito com ele e dou carinho, falo grosso, falo manso. Não conto para os patrões os meus problemas, podem colocar tudo no mesmo balaio e achar que o Ibitinema é lugar de gente noia e vagabunda. Podem perder a confiança que têm em mim. Tenho chave da casa, entro e saio tranquila. Trago a consciência limpa, mas sei que as pessoas têm medo dos nossos problemas. Eu me viro sozinha. E já fiz a rematrícula, volto de qualquer jeito. Sou assim: persistente e esperançosa.

Trago uma notícia maravilhosa, Getúlio, você não irá acreditar. Danadinho, o seu miado de anteontem dentro do sonho me deu sorte. Acordei intuitiva. Corri, logo cedo, até à banquinha do Tião e puxei todo o dinheiro que tinha na carteira (ainda insegura, porque era para comprar o gás que está quase acabando) e apostei MC na cabeça e para salvar coloquei mais um pouco do primeiro ao quinto. 8754. Vem cá, vou te encher de beijos, vou te apertar o dia todo, Getúlio, você nunca irá se esquecer da minha amizade e gratidão. Não é que ganhei a centena de cima para baixo e de baixo para cima. *À tardinha seu dinheiro chega*, foi o que me disse a mulher do Tião bicheiro. Bendito seja! Tenho a mania de decodificar os meus sonhos em números, primeiro penso que bicho seria, depois converto nas dezenas relacionadas e depois cogito quais seriam os outros dois números e daí surge a esperança. Vou comprar a máquina de lavar à vista, só Jesus na minha sorte, e ainda dá para pagar a luz atrasada.

Ah, gato divino! Ah, herança bendita! Você é milagreiro, bichano melancólico! Não consigo te soltar, vou te beijar demais. Nas lojas daqui, sei quais são os modelos que têm, mas estou em dúvida, são tão lindas. No tempo em que a máquina estiver trabalhando para mim, vou ficar comendo pipoca e vendo televisão. Não acredito. Nunca foi tão fácil. Quando os meus filhos souberem nem irão acreditar. 8754, nunca mais esquecerei o número bendito.

Lembro-me, como se fosse hoje, de quando o filho da Cidinha ganhou na Tele Sena do Silvio Santos, foi uma boa quantia. Ficou com vergonha de aparecer na telinha, mandou a companheira em seu lugar. Tudo pago com direito a acompanhante, foram para São Paulo, restaurante e hotel simples. Ela ficou uma marmota com aquele coque fora de moda no alto da cabeça, o Ibitinema e o Santa Luzia pararam para assistir os conterrâneos. O Silvio Santos tanto falava, quanto cuspia, feito matraca salivante; que nojo, não suporto gente que chove para falar. Para comemorar, ele ofereceu um churrasco para os amigos. O dinheiro, é claro, não fez milagres, mas ajudou na época.

A vida continuará dura, precisaríamos ganhar na loteria para andarmos despreocupados. Ai de nós se não acordarmos dia após dia para trabalhar. Só Jesus na nossa vida. No passado era a minha mãe que esquentava barriga no forno e fogão dos Almeida, agora sou eu. A PEC das domésticas foi aprovada, estou acompanhando as reportagens, a Talita anota as notícias e me passa. Já avisei para a Naira, quero tudo que for meu direito, hora extra, fundo de garantia. A nossa categoria custou para ser ouvida, este abril será o meu mês de sorte. Quero é outra vida, trabalhar na fábrica de papel, bater cartão, tirar férias e ir para as praias do Nordeste, comer filé mignon ao invés de carne de terceira. O Michael acha que passei da idade, que o meu currículo é fraco. Nem quero pensar nas dificuldades, vou em frente com os projetos.

    As aulas começam na segunda-feira, além do mais, gosto de estudar, fazer amigos, papo diferente, ouvir falar de Platão e Sócrates, de meritocracia e alienação, e de outros termos importantes que botam a gente para pensar e questionar. É, Getúlio, não fico dormindo em sala de aula, tenho dificuldade em compreender algumas matérias, tremo toda na hora da prova. Tenho que estudar muito, agora vou ter mais tempo, a dor nas costas vai sarar e eu ficarei de pernas para o ar com os cadernos nas mãos, ouvindo a danadinha colocando as roupas de molho, pegando sabão e amaciante, esfregando e espremendo. A única preocupação que tenho é o aumento da conta de luz. Ah, deixa as inquietações para depois! Caramba, mereço sonhar um pouco!

    Ó Basílio, vem cá! Está vendo o meu sorrisão? Nem te conto, ganhei na centena e preciso da sua ajuda para ver na internet os preços de uma eficiente máquina de lavar. Secar no automático para quê? Aqui nesse buraco, sol é que não falta. Quero comprar num lugar seguro, nada de ser enganada como uns e outros por aí. Pensando bem, sou do tempo antigo, tenho medo das fraudes virtuais... vou comprar, amanhã mesmo, na mão do Paulinho, que trabalha na Sahione, quem sabe ainda me dá um desconto ou um brinde pelo pagamento à vista? Ó, tem uma broa quentinha aí no forno, coloquei erva-doce que você gosta. E hoje vou fazer lasanha porque estou animada.

Naira

*Trago comigo um retrato
que me carrega com ele
bem antes de o possuir
bem depois de o ter perdido.*

CACASO

Mamãe, com o desgastado e melancólico olhar, exibia uma postura altiva e clássica, bem acompanhada com o rico colar de pérolas, quase uma mulher de capa de revista; papai ao seu lado, corpo ereto, peito estufado, a cabeça levemente inclinada para o alto — a virilidade encarnada na barba escovada e nas mãos sobre a cintura da mulher; não era necessário sorrirmos, melhor seria se não mexêssemos um músculo sequer, prender a respiração como se já estivéssemos em águas profundas, foi o que pensei no instante que antecederia o flash. Sobre os olhos de meus irmãos, a sombra do abacateiro emprestava, contraditoriamente, sobriedade à infância. Fui a única que não olhou para a câmera, não sei ao certo o que desviou a minha concentração, e isso me intriga.

Um mal-estar se renova quando me deparo com a fotografia. Ela se mostra como uma verdade prestes a me morder. Nunca consigo desvendar a sua face, o véu não se move, apesar de insinuar a deslocar-se com o mínimo vento, como a quase lembrança de um sonho. Um alarme que soa constantemente. O certo é que tenho medo e a fuga é minha especialidade, ou um vício.

Temos retratos de diversas épocas, gosto de ver os monóculos coloridos. Mamãe colecionava fotos 3x4 das amigas, tias, sobrinhos — ela adorava reunir miudezas. A Neida é parecida com ela; eu, ao contrário, descarto os objetos à procura de novidades. Gostaria de ter convivido mais tempo com a mamãe, sondar seus segredos, suas distrações, seus mitos. Por que ela odiava quando o seu homem a tocava? Eles não me viram atrás da porta, fiquei congelada na mesma posição até os dois se retirarem do quarto. O tom de sua voz falando daquele asco não me abandonou por completo, mas tento recuperar aquele tom melodioso cantando à beira de minha cama para abafar a má lembrança. Ainda que a mais velha tenha sido obrigada a assumir o seu lugar, ela será um espectro entre nós. Papai ambicionava abolir de dentro dele todas as fragilidades, todas as lágrimas, os blablablás e os nhenhenhéns, talvez tenha conseguido. Fomos proibidos de falar sobre ela, e qualquer coisa que o fizesse lembrar da mulher, era repelida com hostilidade. Como se não suportasse ter sido contrariado pela inexorabilidade da morte e pudesse apagar a presença da esposa morta dentro dele; como se sentisse traído com o falecimento súbito. Papai queria ter o controle de tudo. Mamãe capturava a intensidade, onde ele enxergava a banalidade. *O Pedro é raso como um pires, ainda colocará tudo a perder* — assim dizia o tio Nuno sobre o seu cunhado. Um dia após o sepultamento, já não havia sequer um de seus vestidos, ou um grampo de cabelo, desapareceram todos os vestígios de que ela tenha um dia existido, sobrou apenas essa fotografia que o Almeidinha escondeu bem escondida. Enquanto papai viveu, ela, a fotografia, hibernou no fundo de um baú, depois a colocamos num porta-retrato sobre o aparador da sala. No fundo preferi seguir as ordens de papai, padecer diante de um fim, serve para quê? Recuso a dor, não me encaixo na tristeza, pelo contrário, tento acalmar a mente e evitar confrontos e guerras internas; recorro à ioga, meditação, técnicas de respiração, física quântica, agradecer, ser positiva, ouvir canções amenas. Os alienados são mais felizes. Sou adepta da conciliação. *Namastê*. Saúdo, de preferência, os meus. A Neida me disse uma vez e esta frase sempre me intrigou: *a indiferença é uma espécie de ódio*.

Para afastar a agonia de conhecer, tão precoce, a finitude das coisas, abriguei-me nos jogos lúdicos, brincava até me cansar, e à noite dormia o sono pesado e se houve pesadelos, foram sugados pela luz da manhã. O primeiro amor de uma menina é a sua mãe. Mas eu não queria choramingar a perda. Morreu, morreu! Havia um mundo imenso para explorar no quintal da nossa casa, uma variedade de frutas no pomar: limoeiro dando com fartura o limão-capeta; mamoeiro; aproveitávamos tanto o fruto verde, quanto o maduro; sim, isso!, havia uma jaqueira, dois pés de manga, ubá e espada — em cada um deles uma gangorra para brincar, o corpo indo às alturas, o impulso crescente e lá ia eu, entre gargalhadas, tocar com as mãos a lonjura do céu. Lembro-me dos pés de abiu — e do quanto eu me divertia, imaginando que engolia os segredos mais escamoteados, os inconfessáveis até para os ouvidos do Padre Solindo, selando-os com os lábios colados pelo látex do fruto; lembro-me ainda mais das flores que emprestavam à primavera tropical um colorido à giz de cera, e de entrar pelo portãozinho da horta como se fosse a Scarlett O'Hara declamando *nunca mais sentirei fome!* ao me deparar com a diversidade de legumes e hortaliças. O espaço das flores recebeu cobertura de cimento de fora a fora para manter a casa limpa, e o seu Zé, mesmo contrariado, replantou-as noutro lugar, muitas não se adaptaram. O ipê amarelo foi derrubado logo que nos mudamos para cá — mamãe ainda era viva e chegou a protestar, mas papai decidiu sublocar parte do imenso terreiro. Construiu um pequeno galpão e em poucos dias o Porfírio transferiu a oficina de lanternagem para o nosso quintal, por onde entravam e saíam carros estridentes, carcaças de automóveis abandonados ou incendiados (como era comum acontecer com as Kombis) que ele revendia ao ferro-velho do Fritz. Nossa privacidade ficou comprometida, o portão principal permanecia aberto para receber os clientes do sujeito. Papai ficou satisfeito com a pequena renda somando-se ao saldo bancário, *filha, é de grão em grão...* a retórica financista era o seu mantra. A herança da família afunilou com alguns negócios mal feitos, ainda assim, vivíamos bem. Depois que mamãe se foi, apeguei-me ao papai e tudo o que ele fazia ou dizia, eu tentava introjetar, tencionava manipular o inconsciente, queria recalcar os mínimos incômodos, nesse jogo particular e falível, ainda não sei onde me encontro. Ainda é cedo para o acerto de contas.

Naquela época, o Santo Antônio nascia no bairro de mesmo nome, passava debaixo da nossa casa, seguia pelos fundos, rumo à rua da fábrica, ia paralelo à rua dos Burros e desaguava no Pirapetinga, antes da Ponte Velha. O córrego secou. Não existe mais o fiapo d'água que tanto me fez companhia, tanto ajudou a encantar a minha infância com os barcos ilusórios que construí. Passei anos falando do nosso Pirapetinga para meus alunos, *é afluente do Paraíba do Sul, a nascente fica em Leopoldina. Na confluência com o córrego do Peitudo, faz divisa entre os estados de Minas e Rio até a sua foz no Paraíba do Sul, separando Pirapetinga e Santo Antônio de Pádua, isso-aquilo.* Dois estados e um povo, metáfora atual do país (a Presidenta que se cuide. Não tenho nada contra ela, mas não me meto em areia movediça.

Vem chumbo grosso pelo que tenho ouvido nas ruas. Sei de um monte de inimizades que se deram por causa de política. Deixa quieto, quero é ficar na minha, sem partido, sem espada). O nosso rio era limpo e piscoso, as famílias se reuniam para banhos e piqueniques, um recorrente programa para alegrar os finais de semana. Por causa dos maus tratos, muitos dos nossos rios agonizam em esgoto e lixo e na estação das chuvas, eles invadem as casas com mais revolta, anunciando perdas, danos e dramas.

Quando pequenina, sonhava em me transformar em sereia, enrolava-me nos cortes de tecidos que ficavam no antigo baú de carvalho entalhado à mão, fingindo ter parte do corpo de peixe. *Você é filha da senhora das águas, ela irá te proteger,* Salustiana me disse,

[enquanto ralava o mamão verde para fazer um refogado com linguiça. Lembro tão nitidamente que um arrepio intenso me percorre o corpo]

e eu acreditei. Ela compartilhava conosco a sua crença, seus causos sobre a sua vida e de seus familiares. Era uma contadora de histórias, sabia dar um toque de suspense e fantasia. O que eu não suspeitava era que havia verossimilhança com as histórias de seus antepassados. Assim que soube, não quis que ela me contasse mais nada. Chega de lendas, de mitos, de fábulas! Ou melhor dizendo, chega de realidade! E ela se silenciou com os olhos marejados de lágrimas, mas compreendeu, sabia de minhas fraquezas. Deve ser por ciúmes que implico com a Socorrinha, o sentimento sub-reptício agindo à revelia. A inveja me torturava, ela tinha uma mãe viva e eu não.

Conheci Iara pelo poema de Bilac, recitava-o de cor em sala de aula, hoje não me vem por inteiro à mente, falta uma palavra, um verso. Ando me esquecendo das coisas.

Nascida sob o signo de peixes, tenho necessidade do contato constante com a água, meu elemento vital. Deve ser por isso que eu frequentava as cachoeiras da região, em algumas é penoso chegar, e já não tenho o preparo físico de antes, mas, no ano passado, visitei a cascata dos Monos, aproveitei para comer o melhor pastel de Recreio, na lanchonete do casal Guaracy e Glorinha. Nadei, por um longo tempo, representando o Clube do Remo, conquistei medalhas, participava de campeonatos da região, cheguei a disputas estaduais e parei por aí. Se fico muito tempo sem entrar na água, numa piscina que seja, pareço ressecar. A minha fixação com a sereia e os outros seres das águas, não era apenas fantasia, disse-me a astróloga.

No vai e vem da memória, retorno à infância. Os passos de dinossauro dos adultos rangiam o assoalho, como se ele chorasse pelo peso dos anos; eu via outro mundo pelas frestas das tábuas, silencioso e mágico, corria um riacho merencório. Na pequena correnteza daquele filhote de rio, via peixinhos e objetos descendo com as águas, e ficava imaginando como seria bom se me deixassem brincar naquele paraíso, *sai dessa água, menina, está na hora de estudar.* Bom era jogar minúsculos barquinhos de papel nas águas rasas. Eles iam com a pequena correnteza, outros ficavam agarrados nas margens estreitas, mas para a criança que fui era um rio largo.

O Almeidinha me ajudava a construir os barcos mais coloridos, comprávamos papéis especiais na papelaria Estoril, o Kraft, o vegetal e às vezes conseguíamos o metalizado. Uma vez a Nádia se irritou quando viu um dos barcos de minha frota particular feito com páginas do seu diário, não levei a sério as suas broncas. Corri das chineladas com o barquinho já amassado e pela janela da cozinha joguei-o nas águas, mas ele se enganchou numa moita. No dia seguinte, acordei antes de todos, planejava resgatá-lo, mas ele havia se libertado, seguiu solitariamente para desaguar no mar distante, onde nunca estive. Ficava imaginando o barquinho enfrentando águas largas e perigosas. Certa vez, fiz uma carta para procurar um amigo para a troca de correspondência postal, coloquei o meu nome completo e o endereço, enchi a folha de corações e estrelinhas, coloquei dentro de uma garrafa de vinho, vedei com a rolha e joguei do alto da ponte dentro do Pirapetinga. Por um tempo, passei horas imaginando quem a teria encontrado. Quando o carteiro chegava, corria para saber se havia uma carta para mim. Certamente, a garrafa ainda não chegou a destino algum. Nos meus sonhos, o regato ganhava força e suas águas se multiplicavam, e eu-sereia surgia para encantar as pessoas, vinda da profundeza cristalina. No entanto, à medida que o tempo passava, o que mais eu ouvia eram queixas sobre o seu mau cheiro. O riacho foi desaparecendo, eu nutria esperanças de salvá-lo da seca. Mas ele morreu como a mamãe.

Vamos a São Paulo. O Almeidinha é quem conhece a metrópole e irá nos cicloneor. Não dormi bem esses dias, de tanta ansiedade, sempre quis conhecer a Avenida Paulista, será uma bela experiência, e eu estava precisando de um banho de civilização. Não aguento mais o lirismo monótono do interior. O Basílio irá à Santa Efigênia, a rua dos produtos eletrônicos, ele tem uma lista grande de encomendas, andarei pelas lojas de roupas, acessórios e bijuterias junto com as sacoleiras. O mano perguntou a Socorrinha o que ela queria ganhar de presente: *um dicionário inglês-português* — ela respondeu de pronto; fiquei quieta, era difícil compreender. Ela justificou, balançando a cabeça como faz quando está mentindo, *gosto por causa das músicas e acho chique ter na estante um dicionário desse tipo.* Ela não se acerta muito bem com a montoeira de regras gramaticais e ortográficas, mas ousa se interessar por uma língua estrangeira. É ambiciosa essa mulher; não se curva, não se rende, diferente de sua mãe Salustiana. Na nossa casa a autoridade era verticalizada, do mais velho para o mais novo. Então, eu só podia mandar na Nena, que nunca me obedecia. Hoje, mando na Socorrinha, a nossa empregada doméstica. Necessário conquistar o mínimo poder que me resta. E ela, com a sua gana de libertação, não me deixa confortável.

Dormi a viagem toda, acordei com o Basílio me sacudindo para sinalizar que já estávamos na Capital. Daí a alguns minutos, escutei o motorista reclamando sobre vaga de estacionamento, com muito custo conseguiu uma, bem longe da entrada do movimento do Brás. Estava moída, sonhando que a próxima viagem teria que ser de avião, se não fosse o pânico, já teria ido a Miami. A doutora Helena foi lá, duas vezes, comprar roupinhas para as netinhas que iriam nascer, e vive dizendo sobre o tal custo *versus* benefício, ela troca de carro como quem troca de roupa, gosta de provocar cobiça, mas colhe antipatias. Não quero pensar nessa gente esnobe, menos ainda no opaco sonho europeu que conquistei vendo novelas e escutando os parentes portugueses, não quero me aborrecer com o futuro.

Comecei a entender sobre as vantagens de morar numa cidadezinha perdida no mapa quando fomos orientados a protegermos as carteiras, bolsas na frente do corpo, olhar atento e muita cautela. É preciso maestria e sorte para nos desviarmos dos batedores de carteiras e dos arrastões; a violência urbana nos apavora.

Do alto da ladeira Porto Geral vi aquela enxurrada de cabeças, um formigueiro humano, fiquei apreensiva, mas queria aproveitar o passeio. Seguimos desbravando as lojas da 25 de março, um monte de novidade, procurava economizar, mas estava sem juí-

20. Fomos ao Mercado Municipal para comermos o famoso pão com salame e o pastel de bacalhau, assustei-me com os preços na estratosfera, disfarcei o quanto pude diante do atendente, já a Fatinha não se conteve: *nossa, vocês metem a mão na nossa carteira, rola grana alta aqui, não é como na minha cidade, lá a gente conta moedas.*

Não conhecia São Paulo, apesar de ter o hábito de pesquisar na internet sobre a cidade, fui várias vezes a Juiz de Fora, duas vezes ao Rio de Janeiro e uma vez a Uberlândia. Assim que deu, pegamos um táxi, descemos na Consolação, caminhamos até o Cine Reserva, foi a melhor parte do dia. Na volta, estava exausta, com bolhas nos pés, mas feliz em retornar para a nossa casa. Ainda assim me ouvi proclamando: *um dia, ainda me mudo para a Bela Vista ou para a Vila Madalena, escrevam isso.* Dormi durante toda a viagem de volta, nem percebi as paradas que o ônibus fez. Só não entendi por que nesta noite tive um sonho tumultuado que me abalou os nervos, está cada vez mais difícil seguir a minha cartilha.

Aqui em casa todos repetem: Naira vai para onde o vento leva, como as pipas ou as folhas secas. Não desminto, não contesto, estou convicta de que tudo dará certo e de que não preciso me preocupar com o amanhã. Do destino ninguém foge. Já disse e repito para quem quiser ouvir e para mim: não gosto da guerra, não me debato com o que está estabelecido. Se não sei os porquês, não questiono. Faço o que posso e o que gosto, nado todos os dias na piscina do clube, saio para dançar quando tem algum baile no clube, capricho na maquiagem para esconder a palidez e disfarçar as rugas, faço as unhas no salão toda semana, invisto em roupas novas, acompanho a moda e as tendências, sigo uma espécie de trilha, sem grandes emoções. Se houve escravidão, se há oprimidos, fome e desigualdade, evito pensar sobre isso. Nas raras vezes em que ligo a televisão, se anunciam tragédias e injustiças, troco de canal e assisto às novelas ou algum programa de auditório. Para os assassinados, uma oração em pensamento. Preocupo, sim, com os que estão próximos a mim, em todos os sentidos, do geográfico ao afetivo. A Neida, por exemplo, anda numa entrega danada, ela tenta disfarçar, mas vejo em seus olhos o cansaço. Passa o dia inteiro na varanda conversando com o gato Getúlio e comendo pão de queijo, engordando mais, há mais de dois anos precisa do andador para se equilibrar. Não ouve ninguém, e nós não queremos contrariá-la, afinal, é o que lhe resta fazer. Tomou corticoide por causa do reumatismo e não teve jeito, estufou as ancas. A mais nova, cada dia mais reclusa. Sou o oposto, a apatia me incomoda. Sou animada. Adorava ir às serestas no bar do Caruso em Cataguases, uma tradição no círculo de amigos, ainda vou a jantares dançantes do clube Campestre, quermesses da igreja, ajudo na organização dos bingos e era bom ver os festeiros torcendo para ganhar a leitoa assada, nunca faltei à tradicional feijoada da APAE, à procissão de Sant'Anna ou à torcida pela eleição da mulher mais linda na coroação da rainha da festa, bailes de aleluia, retretas de inverno no coreto da praça, ocupo-me com esses e outros acontecimentos. A cidade é pequena, temos que ser criativos. Não gosto de banzo, gosto é da correria do tempo, da agenda cheia e de todas as distrações possíveis. E de dormir com os anjos.

 Insisto com a mana para reformarmos a casa, mas ela não quer me ouvir. Ninguém a pressiona, ninguém se importa, enquanto isso o imóvel perece. Sonho ver as paredes com suave tom amarelo, a cor delicada brilhando à noite com a luz acesa, trocar os móveis por modelos sugeridos nas revistas de decoração, estilo clean/minimalista, como a casa dos artistas, mas a Neida diz que não combina com as louças de porcelana que a vovó trouxe para o Brasil, por causa do hábito de usarmos duralex no dia-a-dia, temos dois jogos intactos da fábrica portuguesa "Vista Alegre", pois quase não recebemos visitas solenes e sem a mamãe ninguém anima a investir em requinte ou em cerimônias. Por mim, trocava tudo, derrubava as paredes; não foi assim que fizeram com a arquitetura do Brasil? Queriam esquecer a cor antiga e gasta. Digo sempre: *vamos viver mais leves, minha gente!* Embora eu tenha medo dos vãos livres.

Está certo, sou medíocre. Enquanto dava aulas para os secundaristas, não me atualizei, não investi em um mestrado, muito menos no doutoramento (tão exigido nos currículos). Nunca passei disto: uma professora sem entusiasmo. Não estive disposta a grandes conquistas, menos ainda quando recebia a folha de pagamento. Não gosto de arte que me coloque para baixo, não quero ver a profundidade do abismo, a vida é tão difícil e dura, quero aquilo que levante o astral, um bom entretenimento salva almas. Disfarço, minto para mim e sinto-me confortável com os meus ídolos relâmpagos, aposto nos mais vendidos, nas ilusões fabricadas. O que tem demais em ser condescendente? Nena diz que gosto de futilidades, não considero ofensa, é o meu jeito de viver bem. O fútil é muitas vezes o essencial. Não estou sendo irônica, é a realidade, opto pelo contentamento, não levanto bandeiras nem me encho de culpas (será?). Imito os crentes, se não sei decifrar a existência, seus mistérios insondáveis e suas complexidades, afirmo sem pudor: *é assim, porque Deus quis* (igual a resposta das mães diante dos questionamentos dos filhos: porque sim, porque não). Para que eu iria me debater com o incognoscível? Por que me revoltar com a barbárie, se nada posso e se Deus justifica tudo que há no mundo? Prefiro o raso, o superficial, nas tardes quentes de domingo, virar as páginas da revista Caras sem qualquer interesse grandioso. Que mal há na minha escolha? Não quero me envolver, e não é por ignorar, mas, pelo esforço de ignorar. O que posso fazer pela humanidade? Nada. Então, tenho a consciência tranquila ficando ao longe, gasto um bom tempo decidindo qual a cor do esmalte, qual o brinco irá combinar com o traje novo, e essas coisas me distraem. A diferença entre mim e a maioria é que exponho a vileza, ela me protege do mundo babélico e bélico. Para recordar a sala de aula, declamemos o verbo fingir, servirá para sublinhar o que digo, e um verbo regular no Presente do Indicativo é fácil de decorar, o coro de Sófocles pode me acompanhar, venham todos!: eu finjo, tu finges, ele/ela/você finge, isso!... nós fingimos, vós fingis, eles/elas/vocês fingem. Estou louca? *Quem há neste largo mundo que me confesse que uma vez foi vil? Ó príncipes, meus irmãos/Arre, estou farto de semideuses! Onde é que há gente no mundo?* Estou farta de militantes de facebook, dos hipócritas, das falácias, esquerdista de meia-tigela, da ditadura do politicamente correto, comunista de bistrô, farta de direitista do capital, do mercado da fé, de pedintes, de sedentos. Estou farta! Não, não quero tumulto. Ser como um ateu que contesta a inércia do ser divino? Se fosse para me envolver com o bem comum, o que eu poderia fazer? Nada posso! Não reivindico nem a volta dos militares, nem o direito ao voto, nem a luta de classes; não protesto, apenas simulo ter uma opinião minimamente formulada — isso é importante, pois me sinto menos cobrada e tola. Se o assunto é sobre política, digo a frase que convém: *não vamos falar disso, porque não sobra ninguém*. Desconheço aqueles que pedem proteção, desconheço os desempregados, desconheço o miserável com a perna cheia de feridas; não olho, não tenho condições psicológicas de me envolver. Não faço nada.

Não tenho intenções de dividir o que é meu; mereci, é isso e estamos entendidos. Não penso que os miseráveis são vagabundos, não repito a máxima idiota de que os famintos devem aprender a pescar em vez de receber o alimento de graça — reconheço a perversidade contida no aforismo e em suas variações, eu nunca soube pescar e a mesa de casa sempre esteve farta do bom e do melhor. Na prática o que é meu é meu, não estou aqui para perder nada, não tirem nenhum pedaço do queijo, também não quero um torrão dos que têm mais, o que tenho me contenta. Tampouco digo isso tudo para as pessoas, apenas comigo o jogo é aberto, e de vez em quando. Quando solicitada a dar a minha opinião, lanço um discurso confuso e me justifico com meia dúzia de trololós. Não me condeno, não tenho estrutura psíquica para imolações. O mundo é o que é. Sou toda passividade. Nos poucos momentos em que me comovo, recuo. A preleção do padre Solindo não me convence: *Todavia, se cumprirdes, conforme a Escritura, a lei real: amarás a teu próximo como a ti mesmo, bem fazeis. Tiago 2:8.* O próximo de que a bíblia fala é sinônimo de imensidão, seres distantes, sem nomes, sem endereços, eu os desconheço; se riem ou agonizam, não me sensibilizo, pois não os vejo. Pretendo manter essa distância, atuo com dissimulação, com semblante de solidariedade ou com o mínimo de incômodo. Faço questão de comentar publicamente as caridades que faço: cesta básica para a Carminha, que passa por um período difícil, dívidas comprometendo o ganho da sua aposentadoria mínima, ando com a bolsa cheia de moedas — nem quero ouvir a ladainha toda, estendo logo duas ou mais e continuo o que estava fazendo, e de preferência não sento em mesas do lado de fora dos bares e restaurantes — gostam de nos deixar com a consciência pesada, olhando-nos com olhos de Cristo pregado na cruz, cravejando-nos de acusações. Faço questão de ajudar a distribuir a sopa aos pobres uma vez ao mês e doar uma boa quantia para o Lar dos Idosos — essas contribuições que aprendi observando em torno de mim, trazem a promessa vã da conquista de um bom lugar no céu. Eu não tenho estrutura para lutar contra as desgraças crônicas que perduram no mundo. Não é um déficit de conhecimento social-político-histórico-e-o-escambau, e sim um temor que me acompanha desde tempos primitivos, um modo de fuga. Aprendi a dissimular como tantas outras pessoas, e sei que nunca colocaremos as cartas na mesa, nem mesmo entre nós, seria darmo-nos à tortura ou ao suicídio. Que lutem os que são de luta. Falei daquilo que é camuflado pela maioria de nós, essa é a única e verdadeira coragem que carrego: não uso disfarces, contudo não almejo o céu nem o inferno, a morte banaliza tudo com a sua tirania.

Também tenho medo dos fascistas, eles afrontam a todos que atravessam o seu caminho, eu os negligencio com a inércia. Os ativistas gritam em passeatas: *fascistas não passarão! Racistas não passarão!* Passam, há séculos, imunes e vigorosos. Sou um bicho acuado, sem condições para amparar outros animais acuados. A poesia é a única contradição em minha vida, pois Fernando Pessoa foi um Deus em nossa casa, até papai participava das tertúlias recitando os seus poemas. Em sua reflexão sobre a humanidade, Pessoa afirmou: *o homem é um animal irracional, exatamente como os outros. A única diferença é que os outros são animais irracionais simples, o homem é um animal irracional complexo.* Por isso, historicamente bélico e antropofágico. Ando com os olhos vendados, não suporto ver tanta miséria e sangue. Sei da minha incongruência, e é esse avesso que me amedronta e expõe a fragilidade. Nego, porém. Olho fixamente para as vitrines, as galerias, as propagandas, ou sigo cabisbaixa para não me comover com o cárcere de ninguém. Não quero me converter. Não tenho responsabilidades sobre o desconhecido que foi preso injustamente, ou o que foi torturado, ou aquele que morre de fome em frente das mansões; não vibro com isso, gostaria que fosse diferente. Repito, é problema de Deus e dos homens escolhidos para o poder. Será tão difícil me compreender? Se não, então, abrace-me, por favor.

Faço o que posso, dou mantimento para a campanha do quilo, moedas para mendigos (de preferência evito passar próximo, sinto asco, sinto nojo do cheiro terrível que exalam), afago o Antunes do asilo São Vicente, doo as roupas que não me servem e deposito mensalmente o donativo para o Hospital do Câncer; isso não chega? São as minhas contribuições, e é o que dá para fazer mantendo distância. Comungo, apesar de não acreditar no corpo do Cristo, confesso pecados banais, não jogo lixo nas ruas, não ocupo vagas de idosos, não furo filas, não aposto em jogo do bicho, não tiro cópias de livros ou compro CDs piratas — até porque tenho dinheiro para os originais, não vendo meu voto (às vezes anulo, noutras voto em branco), nunca falsifiquei assinaturas ou comprei carteira de habilitação; enfim, não pactuo com desvios e corrupções. Tenho a consciência de que nada disso serve para combater de frente as mazelas do mundo e da política.

Quem ganha é o discurso. Os homens escolhidos são os que batizam adequadamente o mundo dos interesses, os vencedores têm na ponta da língua as palavras-lâminas: o bom político, o bom executivo, o bom pai e o bom pastor. Não adoto tampouco a retórica, sigo aérea, desencanada, desencarnada, feliz com os pequenos prazeres da vida moderna e cotidiana. Não entro em polêmicas nem em cemitérios. E está na hora de pensar em outras coisas, pois anuncia-se um lampejo de dor de estômago, e isso não é recomendável. Esses momentos de... como diria?... de devaneios, de acerto de contas, em que expressamos nossas nódoas para nós mesmos, não são absorvidos em sua integralidade, pois são da ordem do pensamento-rio, seguem na correnteza em direção ao opaco da mente, pois são isentos de som ou musicalidade. As palavras mudas são facilmente apagadas da memória. Se não quero ver alguma coisa, é possível fechar os olhos, mas sabe-se que o ouvido é o único orifício que não se fecha, pois não possui esfíncteres. Se eu falasse para alguém tudo o que pensei até aqui, não suportaria; não é à toa que nos calamos ou transformamos a nossa autoimagem numa mais aceitável. Todavia, essa experiência deixa incômodos no corpo, como por exemplo uma fisgada de dor de cabeça, um agouro, uma leve falta de ar... sei lá mais o quê, a rotina e o tumulto diário impedem que seja um discurso claro, ao contrário, é obscuro e sem repercussão imediata (oxalá!), são meditações involuntárias que num simples balançar de cabeça se vão para o esconderijo, de tempos em tempos, retornam de alguma maneira, de qualquer forma estamos condenados. Não suportaria prolatar a mim a sentença cruel, tenho por mim uma justa benevolência, e isso me salva e me permite, não sem hipocrisia, viver assim como vivo: esquivando-me dos remorsos e dos rancores.

Já fui à Casa das Tintas, escolhi a cor, fiz orçamento com o pintor, mas a Neida continua dizendo: *outra hora, querida*. Será que o dinheiro que o papai nos deixou está acabando? O Basílio me falou que as terras que temos não valem o que já valeram e que hoje em dia ninguém quer morar naquelas bandas entregues ao mato, restam os poucos imóveis da cidade — que nunca foram devidamente reformados depois que papai se foi, agora devem valer uma mixaria. A acídia é amiga de nossa casa. O papai se sustentava no sobrenome, no brasão da família, nas figurações do passado, ainda bem que soube preservar parte do patrimônio, se relacionava bem com os empreiteiros e com os políticos, um favor aqui, outro ali.

Trabalhei para espantar o tédio, para não ficar à toa, para não enlouquecer. O Almeidinha tentou, por diversas vezes, conquistar um trabalho, da última vez se arriscou na revenda do mármore extraído aqui na região; mas vivia sendo passado para trás, não era respeitado nem pelo amigo que escolheu como sócio. Na verdade, ele nunca conseguiu concluir nenhum projeto, sem diploma, sem sanidade, sem condições intelectuais para voos altos. Frágil, desde menino.

A Nena ainda trabalha, para não ficar sem fazer nada, considera arte o ofício de Sapateira. Sapateira! Os fregueses não pagam em dia, a caderneta do fiado cada vez mais recheada. Já não nos apegamos aos objetos (quiçá aos sentimentos!), gostamos de novidades, nos ensinaram a conviver com o descartável. Nada de apego, meu bem! Qualquer profissional que investigue o comportamento contemporâneo sabe que nos submetemos à lei da urgência, ao mundo sem fronteiras (exceto para os refugiados), à ditadura do consumo e do descartável. A Neida vive me recriminando: *que me perdoe Descartes pelos trocadilhos e apropriação, descarto, logo existo! Consumo, logo existo!* Haveremos de acompanhar as mudanças, seguir com a nova dinâmica. A Nena ficou chateada quando eu não quis mais usar os tamancos de madeira, mas preciso de cor, preciso de brilho. *Oh, mana, me desculpe, agora encomendo sandálias até da Inglaterra.* Uns anos atrás, a Nádia trouxe da Espanha um vestido lindo, com um decote em V nas costas, senti-me poderosa com ele na festa de final de ano, depois fiquei decepcionada quando vi a etiqueta "made in Bangladesh". Foi nessa época que conheci o Lourival, eu estava começando a me empolgar, mas não aguentei a ansiedade que se instalou em mim: ligará, não ligará? Será que está gostando de mim, será que é passageiro? Naquela idade roendo as unhas como uma adolescente, não, não, desisti logo, desisti de todos os pretendentes.

Vi a exaustão da Neida e decidi: melhor ficar solteira e aproveitar a vida e a liberdade. Ela teve um pai-marido que sugou o seu sangue e juventude. Papai era um amor, mas só sabia dar ordens e queria ser obedecido em tempo real, senão se zangava. Custei a perceber que ele não movia uma palha em casa, para tudo os nomes de Salustiana, Neida, Donana, seu Zé e dos outros empregados que tivemos. A Nena sempre enfrentou o velho e conseguia tudo dele, a caçulinha pirracenta que nunca se curvou à autoridade. Foi difícil para ele ceder ao desejo profissional dela, nunca quis que a sua caçulinha sujasse as mãos de graxa, como se fosse um mecânico ou um engraxate de barbearia. Confesso, nunca entendi a escolha de minha irmã. Ficar o dia inteiro tratando de couros brutos, que gosto estranho! Se queria entrar para o ramo, deveria ter pensado grande, comprado máquinas, contratado funcionários, feito especialização na área de gestão; empreender, liderar do jeito do Romarino — que já tem umas cinco lojas espalhadas pelas cidades vizinhas. Não passa de uma bordadeira de couro, costurando com agulha de furar os dedos.

Nena deveria ter aprendido com o papai a colocar dinheiro a juros, dar ordens e se empenhar em manter as boas relações. Ela puxou a mamãe que vivia nas nuvens, tinha pouco jeito para as tarefas domésticas, gostava de bons livros, sonhava com museus, teatro e cinemas, mas não teve como experimentar grandes emoções. Se sugeria ao marido uma ida ao teatro no Rio de Janeiro, ele negava: *não perdi nada por lá*. Era bronco o papai. Mamãe foi tolhida pelo casamento, quando solteira ela morava na Ilha do Governador, chegou a frequentar os lugares de que gostava, assistiu a muitas peças teatrais, acompanhava o cinema, sobretudo o italiano, seu preferido. Tudo azedou quando seus avôs se mudaram com toda a família para Pirapetinga, queriam encontrar um lugar sossegado e minimamente parecido com a aldeia em que viviam em Portugal. Tento e não consigo me lembrar do corpo dela em movimento. Recuperar um simples esgar, um sorriso besta ou um franzir de testa, nada me deixaria mais contente. Do papai, recordo perfeitamente da sua mania de arranhar a garganta antes de dar as ordens ou das lições de moral, e do modo como sorvia estrondosamente a tradicional sopa servida como entrada antes dos jantares de inverno.

O Basílio tem me tirado a paz, foi criado por nós, como se fosse nosso filho... não me iludo, ele já dava sinais que não era o mesmo, deixou de frequentar a missa aos domingos, passava as madrugadas na rua, o olhar carregado de tristeza e bebida, nós não fizemos nada para o impedir de se perder. O que fiz foi chamar a Aninha para uma conversa, afinal, é a sua melhor amiga, mas ela não soltou nada. Não sei o que fazer para ajudá-lo. O nosso menino está entrando num terreno perigoso. Onde já se viu, aparecer na frente da gente com aquele batom vermelho, se sair daquele jeito na rua, o que os meus amigos irão dizer? Vexame! Desonra! Uma afronta! Estranhamos, mais do que isso, nos preocupamos. Enquanto é dentro de casa, aguentamos firmes, mas na rua as pessoas não perdoam, a língua sem tamanho do povo o condenará à fogueira. Queria dizer umas palavras bonitas para ele, e não consegui, de tanta raiva. De que era gay, suspeitávamos. Desde pequeno dava sinais, gostava de brincar com bonecas, de maquiar as menininhas da vizinhança. A musiquinha besta que papai cantava entre os dentes com voz de trovão para o Almeidinha, agora não me sai da memória: *homem com homem, mulher com mulher, homem não brinca no meio de mulher.*

Depois que a Neida morreu (ainda não me conformo), tive que assumir a administração da casa, passei a ter a responsabilidade sobre todas as decisões, apenas receio não ter a disposição, a serenidade e a competência dela. A Socorrinha ficou apreensiva em permanecer sob as minhas ordens, chegou a me pedir as contas, recusei e lhe concedi um pequeno aumento. Santo Deus, como faria sem ela? Não, não, ela fica conosco. Em poucos dias, outra será a rotina, por enquanto, a minha vida está de pernas para o ar. Comecei a entrar numa ansiedade e ter palpitações, cabeça confusa. Tentei me organizar, fiz a lista das pendências e agendei por datas, mas nada funciona direito, estou agoniada com tanta coisa para resolver. Pensei em conversar com o Almeidinha e pedir a sua ajuda, mas ele está cada dia mais amuado, não se conformou com a morte da nossa irmã. Choramos de saudades. Com a cadeira dela vazia, o Getúlio recusa-se a comer, passa os dias na balaustrada da varanda como se estivesse esperando alguém que não chega. Socorrinha tenta cumprir o pedido da patroa, cuidando bem do gato, mas ele não se sensibiliza com mais ninguém. Há uma tristeza imensa pairando sobre nós. Ela era nosso alicerce, quase não se notava sua liderança de tão sutil. Deixei suspenso o planejamento da reforma da casa, se o orçamento permitir, no futuro pensarei nisso. Não me habilito para as providências práticas, criticava o comando da Neida, tentava interferir, agora vejo que não levo jeito nenhum para substituí-la. Sou a sua sucessora (a mais velha), gostaria de manter a tradição e cumprir a missão de cuidar dos meus irmãos e da casa, entretanto não sei resolver as pendengas. O Dr. Edgar recomendou que fizéssemos a partilha dentro dos preceitos da lei, isso já deveria ter sido providenciado desde a morte do papai. A Neidinha não tomou as providências, deixou o tempo ir-se, arrastado. A conversa sobre isso não fluía, uma vez o marido da Nádia quis adentrar nesse assunto, levantamos e o deixamos falando sozinho. E agora a bomba não irá explodir em minhas mãos, continuaremos assim até que alguém se habilite. Azar. Acídia.

 Estou perdida, não sei o que fazer, nem o que comprar, nem como lidar com o saldo bancário, ainda não me queixei, porque seria uma vergonha pedir arrego tão cedo, preciso pelo menos tentar. Engraçado é que parecia que a mana só ficava à toa na varanda, como ela conseguia organizar tudo de lá? Quando a Socorrinha não vem (exigiu a contagem das horas e não cuida do almoço aos domingos — *nem-que-a-vaca-tussa*, foi o que me disse, balançando na minha cara o recorte de jornal com a PEC das domésticas), eu me descabelo, o arroz queima, o frango fica cru, tudo desanda. O Basílio e a Nena perceberam o meu desajeito e tentaram me ajudar, mas também não sabem muita coisa. O acerto com a Donana e com outros prestadores de serviço, vivo esquecendo. Pensei que daria para levar a vida de antes, tranquilidade e pouco encargo. Na época em que dava aulas (como o tempo corre!) era diferente, pois me organizava ao longo dos anos, ministrava o mesmo conteúdo, o qual sabia de cor e salteado, as correções das provas eram elaboradas com tranquilidade e para a alegria dos alunos, eu repetia, muitas vezes, as dos anos anteriores. Administração doméstica não é fácil.

E minha memória não está boa, tenho tido dificuldade de me lembrar de acontecimentos importantes, já outros que poderiam ser olvidados, retornam com muita imaginação. Algumas palavras me fogem, as mais comuns, como xícara, bule, poltrona, lápis; cismei de escrever o meu nome com y — só percebo depois que está escrito. Sou Nayra com nova grafia. Não me lembro da conjugação dos verbos, se os digo corretamente é porque está acionado o piloto automático, mas se penso nos pronomes pessoais, eu, tu, ele, você, nós, vós, eles, tudo se embaralha. Discorrer sem pensar até que é fácil, deixar a laringe emitir os sons da voz automaticamente. Talvez seja falta de vitamina no organismo, papai obrigava a gente a tomar Emulsão de Scott, óleo de fígado de bacalhau, Biotônico Fontoura, *para vocês tirarem boas notas nas provas*. Será que ainda existe o Fosfosol? Remédio que prometia efeito imediato após as primeiras colheradas ou injeções, a propaganda repetitiva ecoa ainda: *sentir-se-á outro! Animado! Forte! Disposto para o trabalho e para o prazer*. De qualquer forma, já encomendei Ginkgo Biloba na farmácia de produtos naturais, o Júlio recomendou, *essa plantinha da época dos dinossauros sobreviveu à radiação em Hiroshima, brotou no solo da cidade devastada, é um ótimo intensificador da memória, a senhora perceberá a melhora da cog-*

nição, deve ser o estresse da vida corrida e do momento político que tem afetado o equilíbrio do seu organismo. Em uma semana já notará o efeito. É tiro e queda!

A Socorrinha está preocupada com o Getúlio, sugeriu que o gato seja avaliado por um especialista, conseguiu agendar um veterinário conceituado em Além Paraíba, pesquisou com um e com outro e voltou com o cartão da doutora, cujo nome não me vem à memória de pronto. Tantos problemas para resolver, ando zonza igual uma barata tonta, correndo em círculo pralá--pracá, sem sair do lugar, custo a decidir por onde começar e as urgências só aumentam. Faço pesquisa para tudo, não sei onde encontrar o bom feijão, como escolher a carne ou a quantidade que tenho que comprar. Queria dar as ordens, mas vivo refém da Socorrinha, conhece mais a rotina da casa do que eu, faz a encomenda do leite, reclama da textura da carne, orienta-me quanto ao vazamento que danifica o banheiro, sabe os horários dos meus remédios. Estou perdida sem ela, virei refém da doméstica. Getúlio, desde a morte da mana, não se conforma com a separação e não quer viver. Depois dizem que gato é traiçoeiro ou que não se apega ao dono, pois ele é de uma lealdade absoluta. Tentamos dar-lhe leite na mamadeira, mas ele não aceitou. O que eu estava dizendo? Esqueci-me. Acho que tinha vindo buscar alguma coisa, vou voltar lá dentro para tentar me lembrar. Não adiantou apelar para São Longuinho. Preciso encomendar novos frascos de Ginkgo Biloba.

Ando descontente, as pessoas com as quais convivi durante quase uma vida não são capazes de se solidarizarem conosco e lançam chistes, piadas venenosas, zombarias, chacotas preconceituosas. Depois de tudo: da obediência, da uniformidade, da inércia; me sinto só. Tanto me submeti a cintas apertadas, bandagens e depilações dolorosas; paguei por uma rosa tatuada no alto do pé direito, é vermelha, é linda e sangrou a carne para ser construída — ora bolas, recebi elogios; furei orelhas, cada dia um ponto luminoso, trocava incansavelmente de brincos, anéis e pulseiras; cheguei a fazer um orçamento para uma lipoescultura, mas pelo medo de complicações e do ridículo, optei pelo botox ao redor dos olhos, na glabela e sobrancelhas, cheguei a colocar na boca, aí as pessoas começaram a me chamar de Gretchen; então, alertei a Luziane: *não quero exagero, viu!* O dinheiro foi minguando e o desânimo tomando conta de mim.

Estamos mais uma vez na berlinda, por falta de algo mais atraente para falar ou fazer. Nádia divorciada — bem lhe fez a separação, agora irá passear pelo mundo (foi o que me disse), o Basílio resolveu se vestir como uma mulher, não compreendo, mas já estou me conformando, de que adianta ir contra? Outro dia a Rosilda me disse: *olha eu não tenho preconceitos não, tenho até amigo viado, o que não admito é o seu sobrinho nos agredir com suas atitudes, tem que ser discreto, para que isso tudo?* Eu que não sei desagradar e lutar, fico patinando no *anhrã-anhrã*. Quando penso que o assunto mudou, falam da Excomungada e do Almeidinha, crucificam os dois; *trouxa, deixar uma desqualificada ir e vir quando quer, muito bobinho o seu irmão, viu, Naira! Eu é que não tenho nada com a vida dos outros. Não digo mais que isso: é um bocó.* Sinto-me intimidada e sem saber como reagir, por isso tenho ficado em casa, o que é uma tortura para mim, que sempre gostei de sair, badalar. Estão estranhando meus cabelos sem o tradicional permanente. Sábado tem seresta no clube, nem sei se vou. Algo se instala, ainda não sei identificar, parece tristeza já envelhecida.

Peço ao meu sobrinho que seja discreto, às vezes gostaria que ele nunca tivesse existido, pelo que me causa, sua vida interferindo na minha é algo com que não estou sabendo lidar. Há tipos como ele na cidade que circulam com discrição, vestem-se com roupas normais, não dão bandeira nem mole para a raiva alheia. *Liberdade tem limite, ficar se montando de mulher na nossa cara já é demais*, disse a Vivi. Não me preparei para enfrentar os embates, fico sem ação, repetindo, *é uma fase, é a idade, é fogo de palha, isso tudo passará*, e tentando, de todas as formas, desviar a conversa para assuntos amenos. O Basílio tem notado o meu abatimento, outro dia conversamos horas a fio, ele falou com tanta sinceridade, explicou-me que não foi uma escolha dele ser trans, que o mundo está atrasado para compreender as diferenças, que lamentava pelo meu sofrimento, entretanto não poderia ceder ou recuar. Disse-me que sente medo e às vezes rancor, mas nunca teve a intenção de ferir ninguém. E me beijou a face com aquela doçura toda, eu num impulso lhe presentei com um brinco de ouro que foi da vovó. Com tanta lucidez e carinho, a contrariedade passou um pouco.

Esquivei-me de polêmicas, rezei terços, beijei mantos sagrados. Não me conformo. Tanto me esforcei para me encaixar. Fiz de tudo para ser aceita, queria ser reconhecida, ser amada, ser querida. "A roupa nova do rei" era o meu conto de fadas, mero engodo. Quem me dera não saber o que sei hoje, dos risos, das chacotas, fui para eles uma caricatura, uma vida inteira sendo enxovalhada pelas costas. Naira, a folclórica, é o que dizem.

Pela primeira vez, o meu nome,
pronunciado, não nomeia.

MARGUERITE DURAS

        Nayra

Nayra

            Nayra

     Nayra

Y = nomeia-me para além do óbvio, para além das expectativas. O estilingue, a nova pronúncia, o signo que não existia na cantiga do alfabeto. Em qual posição encontra-se na fila das letras? Tenho nome? Estou lúcida?
Y = aquilo que transbordou na cheia do rio-Naira
Nara: inha-zinha.

sobre o caminho: Nada/nem o branco fogo do trigo/nem as agulhas cravadas na pupila dos pássaros/te dirão a palavra/ Não interrogues não perguntes/ entre a razão e a turbulência da neve/não há diferença./ Não colecciones dejectos o teu destino és tu./ Despe-te/ não há caminho.

Naíra, Nayra, Nara, por favor, *não interrogues, não perguntes*, ordena-me Eugénio de Andrade.

Este agosto terminará antes que Nero risque o último fósforo.

Quase veio à memória o que me assombrou naquele dia em que posei para esta foto de família, a nublada conexão se estabeleceu quando, subitamente, me lembrei da figura asquerosa do Porfírio; restou dessa experiência a minha face infantil emoldurada numa tela inacabada e o prenúncio do espanto. Como uma obra de arte confeccionada com pedaço de um sonho, cujo material completo, sabe-se de antemão, permanecerá oculto, por mais que se trabalhe com pincéis e tintas. São insuportáveis os arrepios que percorrem a nuca quando me recordo dos fantasmas que habitaram a casa. Eles retornam através da ausência, como uma marca de poeira deixada na estante quando um objeto é retirado do seu lugar. Como se fosse a imagem subliminar da ausência de algo que existiu, apesar do seu completo desaparecimento. Não, não estou preparada, nunca estarei pronta. Recuso-me a seguir as pistas. Pego, automaticamente, a tesoura na caixa de costura e me retiro da cena fotográfica. Pico em pedaços mínimos a estrangeira criança, ato contínuo, entro numa crise de choro e custo a me acalmar.

Este agosto que não termina! Quero adormecer vinte ou trinta horas seguidas. Quero calar as cigarras, não peço que me comuniquem o amanhecer ou o entardecer, quero esmagar as suas caixas acústicas, dilacerar os abdomens de todos os machos da face da Terra. Deixem-me continuar com o pijama imundo. Há uma infinidade de possibilidades quando sonhamos, que transcende ao estado de vigília, às experiências oníricas nos permitem magias e experiências ligadas à ficção científica, todo o material suplanta o ambiente da realidade e partimos para a esfera do etéreo. Outras dimensões ao nosso alcance — os objetos utilizados para concretizarmos o enredo dos sonhos são, de certa forma, onipotentes. Sento-me na gangorra que havia no quintal e nada me detém, pois ela se transforma num foguete espacial, voo a toda velocidade. A experiência vivida durante o arrebatamento encontra-se em latitudes e longitudes invulgares, os sonhos nos lançam em nebulosas sensações. Não quero acordar. Não quero acesso a instâncias premonitórias, e sim à formidável aventura que me espera quando fecho os olhos e me entrego ao mirabolante e alucinante mergulho no mar de imagens e realizações atemporais, não exigem de mim coerência ou valentia. O canto estridente das cigarras me desvia do Éden, elas querem nos ensurdecer ou estão nos prevenindo das catástrofes que seguirão depois deste mês agourento? Algo de mau se instala. Ouço vozes ao anoitecer que gritam: *vaca, arrombada, piranha, puta, ladra*; as panelas tinem em meus ouvidos, não é verdade o que me disse a Nena, eles não estão xingando a Dilma, é a mim que ofendem. O ouvido não se fecha, tento tapá-los com as mãos, as vozes trazem ódio no timbre e o ataque é iminente, só me acalmo quando o silêncio impera. Só assim, penetro em dimensões que me permitem lancinantes interconexões com planetas ainda não explorados e tudo é presente absoluto, uma espécie de rachadura que separa o passado e o futuro. O canto das cigarras me provoca arrepios, sei que anunciam tempestades. Novamente o choro me toma, insisto em me demorar na esfera onírica. Nenhuma lágrima irá me acordar. Deixem-me sonhar, por favor, que mal há nisso! Nem os computadores seriam tão eficientes para gerar seres como estes que projetei, uma verdadeira arquitetura, um misto de semblantes que recolhi das páginas de uma revista, unindo papai a Rimbaud, vovô a Matusalém, olhar de um e queixo do outro, fusão de imagens e sentidos, interposição de mundos. Eu não estou louca, apesar da minha cabeça ter se transformado num pêndulo em forma de foice... esquerda, direita; morte, vida. Estou zonza. O lúdico não pede decifrações, entregar-me-ei ao riso longo, embarcarei nos sonhos como a criança num parque de diversões. O que eu disse? Alguém me chama? Quem está atrás da porta? Mamãe, é você? Já não sei o que a minha boca diz. Meu corpo queima, sinto uma sede imensa. Água. Água, deem-me água. Tomei mais dois benzodiazepínicos, quero uma pausa (Ó, sentiu o abalo sísmico?), dane-se a dependência química ou social, dormirei por anos. Adentrar no clube noturno e me distrair de olhos fechados, sem agendas e prazos, culpas ou superstições. Parem de problematizar. *Que barulho é esse na escada?* Encontraram armas químicas e declararam guerra. Evacuem a casa, deixem-me aqui. Não quero pensar, posso falar os blablablás, sem muita ciência. Zap, a luz se apagou! Por que ter medo, já repararam a rapidez com que conseguimos nos salvar dos perigos nos pesadelos? Somos mais que super-heróis. Isso é simplesmente magnífico, chegar a qualquer lugar em qualquer momento. Seguir como as gaivotas. Ovídio me deu asas e voo silenciosamente ao lado de outras criaturas. Por favor, parem de bater à porta. Onde estou? Na Nínive sanguinária, lugar de mentira e roubos? Ouço meu nome ecoando do fundo de um poço. NaYYYYYYYYYYYYra. Tento responder, mas a voz não sai. Estou sendo tragada para o ventre da baleia.

Nádia

*Fico de súbito
à beira da infância*

*Sem uma mão
sem uma mãe que detenha
a queda.*

MARIA TERESA HORTA

A notícia me pegou de surpresa, levei um baita susto, meu coração saltou do peito, dava para senti-lo aos pulos. Foi o Basílio quem me ligou, coitado, mal conseguia falar, tão nervoso, a fala tropeçando no pavor, *tia Nádia, tenho más notícias... o aneurisma...* Reuni os meus filhos e contei para eles da morte da tia, não sentiram a mesma tristeza que eu, a distância que criei interditou a convivência entre eles.

É que não suporto aquela cidadezinha punitiva com suas curandeiras e sibilas prenunciando o futuro pálido. Saí o mais cedo que pude, senão seria aniquilada. Fui embora levando remorsos & rancores. O povo se acha no direito de tomar conta da vida da gente, o que não sabem, inventam, sem nenhum constrangimento; condenam pela aparência; difamam, caluniam e ao tempo nos beijam. Um morde-assopra sem fim. A melhor coisa que me aconteceu vivendo na cidade grande foi ter privacidade. Sei lá, criei uma cisma com tudo e com todos.

Vou ao cinema, aos museus, aos shoppings, frequento restaurantes gourmet de chefs premiados, ando pelo calçadão da Halfeld e me deparo com restaurantes: japonês, indiano, italiano, coreano — vários mundos para além do coreto da Praça Sant'Anna. Como poderia experimentar essas coisas vivendo naquela terra encruada onde nada muda, senão para pior? Quero liberdade, quero viajar, conhecer outras coisas, basta de ser professora de História na escola pública da periferia. Com receio da ameaça constante de uma reforma da Previdência, dei entrada no pedido de aposentadoria, mesmo que não tendo condições para receber o valor integral. Estou cansada, tenho pressa.

Vou sentir a falta da mana, até agora a ficha não caiu. Não me conformo com a morte, ainda que não queira a eternidade. Como é difícil de aceitar! Tentava convencer a Neidinha a ir passar uns dias lá em casa, mas ela me enrolava, adiava sempre. Se entregou há tempos, perdeu o gosto, perdeu o jeito com a vida fora de casa.

Não queria voltar num momento como esse, mas exigem que eu cumpra os protocolos. Não queria voltar para enterrar uma irmã que foi como uma mãe para nós. Não queria voltar para aquele povo. Dizem que tenho o rei na barriga, que comi um boi de cem contos, ô gentinha despeitada, dizem que virei as costas para todos, que sou uma ingrata; a minha família não pensa assim, eles me entendem. Quando viajei de férias para Portugal, para realizar o sonho de cruzar o Atlântico e conhecer os lugares onde viveram nossos antepassados, os invejosos de plantão, comentaram no facebook coisas do tipo: "vida boa, quem me dera?", "tá podendo, hein"... como assim, podendo? Batalhei para isso. Passeei pelo Porto, Coimbra, Guimarães, Aveiro, Fátima, Cascais, Óbidos, Évora e outras terras, como é bom ouvir a nossa língua dita de outra maneira, *ê pá!* Enquanto estava lá, perdia-me pelas ruas, os bondes pareciam vir de outro século, os lugares referidos na literatura de Eça de Queiroz.

Depois dessa viagem, percebi que o meu casamento havia se transformado num mingau. O amor e o tesão metamorfoseados em amizade. Sinto que o Orlando pensa em separação, mas não tem coragem para me dizer ou para tomar a decisão. Terei que o ajudar a sair de casa. Tantos anos juntos. Olho para seus braços, firmes no volante do carro que segue em direção a Pirapetinga, e já sinto saudades dos abraços que não daremos.

Somos contemporâneos, ele também não se adaptou ao monitoramento e à mesmice da pequena cidade, foi o primeiro a propor uma nova vida em outro lugar. Rompemos com todos pelo silêncio, bem justificado pela distância. Os amigos com os quais tínhamos afinidade foram-se antes de nós, a maioria saiu para estudar ou trabalhar e quase ninguém retornou.

Uma amiga me alertou, *não existe sinceridade quando você diz que foi de uma hora para a outra, você não quer é ver os sinais*. De fato, o Orlando passou a fazer muitas horas-extras, chegava exausto em casa, sem ânimo para uma escapadinha ao motel ou o jantar em nosso restaurante predileto, andava com olheiras, passava horas em frente ao canal de esporte, às vezes me olhava de viés com olhos úmidos e ternos, o que me incomodava ainda mais. Não foi só ele quem se rendeu à rotina da relação, fomos nós dois, admito. Não sei o que será de mim sem a sua presença, mas os filhos já estão crescidos e eu ainda tenho uma vida pela frente. Viver sozinha num apartamento será uma experiência nova para mim, estou dividida entre o medo de me sentir só e a vontade, que cresce cada vez mais, de me redescobrir. Eu e o Orlando nos misturamos e já nem sei se me pertencem, de fato, as convicções que defendo, tão amalgamados pelos anos de convivência. Estou disposta a pedir o divórcio assim que voltarmos para casa. Depois, pensarei em realizar algo inusitado, enfim. Não sei exatamente o quê, mas me passam pela cabeça coisas malucas como entrar para a escola de esgrima ou aprender a dançar tango, quem sabe iniciar aulas de squash ou de corte e costura? Tudo será novidade.

Sinceramente? Quando eu criticava a cidade, não imaginava que a mesmice nos rondaria por onde fôssemos, perfurar as fronteiras de pedra é um trabalho de Hércules. Até numa metrópole há a velha mecânica que se repete do amanhecer ao anoitecer, de vez em quando um sobressalto. Juiz de Fora já se apresenta para mim como uma cidade interiorana. Quem sabe mudar para outro lugar, uma capital? Estou mesmo disposta a me deslocar.

Quando chegamos à capela, percebi que o fio invisível nunca foi cortado como eu pensava, as pessoas com as quais convivi entregaram-se a mim com afeto e intimidade. Meus inimigos perdem tamanho e eu me contradigo querendo todos os abraços que me ofertam. Faço as pazes com a cidade, então? As lembranças em cascata irrompem, o que pensava esquecido retorna com violência e me entrego à dor de várias partidas e não apenas da Neida. Dei-lhe um beijo na testa fria, e pedi perdão por ter morado tão dentro do meu umbigo. Prometi à Naira, à Nena, ao Almeidinha, à Socorrinha que eu viria mais vezes visitá-los. Sei que fiz uma promessa vã.

Antígonas

*Por que, lembrança,
debruças em mim
essa lâmina?*

AUGUSTA FARO

Aninha me pediu em desespero que eu a acompanhasse, e não pude negar, mas, confesso, estava aflita por nós duas. Roí todas as unhas e tive maus presságios. A clínica era boa, parecia confiável, chegamos vinte minutos adiantadas. Havia a tensão unida à humilhação da clandestinidade e das condições impostas pelo amante, ele não quis assumir nada.
Não contei a Aninha, mas também havia feito um aborto há muitos anos, eu e meu marido decidimos que não era a hora certa, não foi fácil; permaneci dias internada, com febre, por causa de uma infecção. Foi preciso muita discrição e algumas mentiras para realizarmos a viagem. Além do Basílio, ninguém mais saberia. O Dimas deu o dinheiro para o procedi-

mento, as passagens para o Rio de Janeiro e o endereço da clínica que lhe recomendaram. Ele não quis ouvir a minha irmã e se fingiu de vítima, *confiei em você, golpe da barriga para cima de mim não cola, a Flaviana não pode saber, ainda mais agora, anda nervosa e sem paciência com o alzheimer da mãe. Tudo voltará a ser como antes, vá lá o mais rápido que puder e tire essa semente que chegou sem ser convidada. Sairá dessa zerada, me garantiram. Depois disso a gente conversa melhor.* Conheço o Dimas há uns bons anos, sempre foi um cretino. Dizem que na paixão não cabe sensatez, Aninha nunca quis me ouvir. Não quero continuar com esse papo porque me trava os dentes; já cansei de falar para a minha irmã, *larga esse sujeito, ele empaca a sua vida,* me dava até razão, mas não conseguia romper.

Um prédio comercial enorme, várias clínicas médicas, imobiliárias, havia um banco no térreo; quando a ascensorista apertou o andar, gelei diante da proximidade do oitavo andar. Queria aparentar tranquilidade, pois a Aninha desabou e se rendeu ao desespero. O Basílio não parava de ligar, estava desesperado e queria notícias a todo instante. Tocamos a campainha da grossa porta de aço, uma voz mecânica perguntou quem éramos; nos identificamos e o cofre se abriu para nos receber.

Sentem-se e aguardem o chamado — foi o que nos disse a recepcionista, enquanto atendia ao telefone. Reparei nas outras mulheres. Havia uma jovem desacompanhada, tive vontade de lhe apertar as mãos. Uma garota de sardas e cabelos de fogo entrou no consultório médico.

A senhora irá pagar com cartão ou com dinheiro? Parcelado ou à vista?

Burra, sem querer fiz a pergunta idiota: *Aninha, você está bem?*

Com tristeza, disse-me que não, mas que iria melhorar com o passar dos dias. retornar à rotina, voltar a Pirapetinga e seguir em frente. Quando o médico da clínica de Santo Antônio de Pádua deu a notícia da gravidez e percebeu a recusa dela em aceitar o resultado positivo, ele a ameaçou, *é crime pensar em outras possibilidades que não seja iniciar o pré-natal*. Ficou repetindo a ladainha de Deus e a responsabilidade das mulheres com a humanidade. Não ajudou em nada.

Eu não parava de pensar na jovem que acabara de ser chamada; se ela saísse bem, ficaria mais tranquila e otimista. Depois de uns quinze minutos, a porta se abriu e uma funcionária caminhou para um cômodo no fundo do corredor, segurando, discretamente, uma lixeirinha de inox. Gostaria de abraçar todas aquelas mulheres da fila de espera, mas eu também precisava de apoio, ver minha irmã passar por este momento não estava sendo fácil. Sentíamos carregando a humanidade nas costas. Fiquei imaginando a polícia estourando a clínica, com mandado de busca e apreensão, todo o escândalo e sensacionalismo que viriam depois, dedos nos apontando nas ruas da cidade.

Outra mulher entra no consultório; e assim, sucessivamente, eu acompanhando o cesto de inox fazendo o trajeto repetitivo. Chegou a vez da Aninha, tentei transmitir pelo olhar toda a compreensão e carinho. Dali em diante o tempo correu com pirraça. Finalmente, quando a vi, ela estava deitada numa maca, um pouco sonolenta, em poucos minutos saiu do estado letárgico. Disse-me que tudo que gostaria, naquele momento, era ir embora dali.

No outro dia, acordei bem cedo para ir à casa dela, queria saber como havia passado a noite. Comprei o pão acabado de sair do forno, imaginei a manteiga derretendo em seu miolo e o aroma do café invadindo o ar venenoso e aplacando a angústia. Quando entrei no quarto para convidá-la para tomar o café comigo, fiquei emocionada com a cena a minha frente: o Basílio dormindo de conchinha com ela na cama estreita, nem tirou os sapatos. Retornei às minhas atividades com mais tranquilidade, ouvindo no *repeat* a música do Chico: *Porque era ela, porque era eu*. Ele e ela se dão tão bem.

Por volta dos meus treze anos, mudamos para uma favela no Rio de Janeiro, meu pai ficou aqui, continuando os seus casinhos e suas andanças. Lúcio, um rapaz do tráfico, cismou comigo e não me deixava em paz. Quando a minha mãe soube do interesse dele, me mandou de volta para essa joça. Chorei, implorei, expliquei que não queria nada com o marginal, mas não adiantou. Não queria partir, mas não tive escolha. Não me esqueço da roupa que usava quando peguei o ônibus na Novo Rio: um vestidinho azul com flores brancas de miolos amarelos. Era uma menina vestindo um jardim. Está acompanhando, Jussara? Não sei dizer por qual motivo comecei a te contar essa emperrada história... sei que nunca mais fui a mesma, uma amargura passou a morar aqui dentro. Já está na nossa vez? Hein? Pensei ter ouvido o meu nome. Tinha uma família, pertencia a eles... como puderam? Morei com a vó Neném, mãe do meu pai, eles dois não se importavam comigo. Um dia, fugi de casa e me arrisquei na rodovia pedindo carona, cheguei aos trancos e barrancos na favela, mas ninguém soube me informar para onde a minha família havia se mudado. Nem um aviso, um telegrama. Vá lá, que espero. O banheiro estava limpo? Ainda bem, porque da última vez não consegui nem chegar perto, um horror. Então, Jussara, continuando: fiquei anos sem notícias deles — você se recorda do Tadeu? Sim, é o mais velho. Continua bonito. Então, um dia, sem aviso, chega no Ibitinema um caminhão com a mudança. Eram eles. Minha mãe e meus irmãos me encararam como se tivessem me visto ontem. Um longo tempo em branco afasta as pessoas, rompe nós... me desculpa, fico abatida assim, Jussara, por causa da revolta. O isolamento de anos teve um preço alto, comi o pão que o diabo amassou, uma provação, você pode imaginar? Esse tempo todo sem uma carta me pedindo para voltar, sem um bilhete carinhoso falando de saudades. Sou rio desviado! Fé em Deus? Que adianta, se tudo o que tenho é a mágoa? Tornei uma pessoa fria, mal-humorada, seca... bebia, fumava um Marlboro atrás do outro, fazia o que me desse na telha. Não me droguei nem me prostituí, mas aprontei todas. Me casei cedo na esperança de preencher o vazio, queria ter uma companhia. Nada adiantava, esse buraco aqui, ó, bem no fundo do peito, não tem fim. Sabe como é, né?! Era uma menina e era uma velha. Quis construir uma nova família — esperancei. Engano. Mais uma vez, me enganei: o príncipe foi se transformando num ogro. Sofri quinze anos com o desgraçado. Até o momento em que não suportei mais, durante uma briga em que, provavelmente, eu sairia roxa e machucada e ele somente com uns arranhõezinhos, eu me defendi para valer, taquei o quanto pude a panela de pressão na cabeça dele, estava furiosa, o filhote de cruz-credo me olhou com os olhos esbugalhados, ameaçou me matar um dia, mas correu com o galo enorme na cabeça para o hospital. Erva ruim a geada não mata — como dizia a vovó. O que fiz? Deu tempo de pegar algumas tralhas, as crianças e sair daquele inferno, nunca mais quis saber de ficar debaixo do mesmo teto que o Dico — para que serve homem assim, melhor ficar sozinha, não é, Jussara? Gosto de falar com você, você me entende e conhece a miséria. Ó, e fique sabendo, o que precisar de mim, tem aqui uma fiel amiga. Nossa, o calor está insuportável! Aqui dentro está um forno, e ainda tem um monte de gente aguardando na minha frente para ser atendida, o jeito é ter paciência. Vamos lá fora um instantinho fumar um cigarro?

... achava que se me vestisse bem, se me mostrasse como alguém chique, poderia ser admirada pelos meus irmãos. Sei que me agarrava a uma ilusão, não saía de casa sem maquiagem, comprava roupas a prazo, pintava as unhas, me cuidava. Arrumei emprego de cuidadora, passava as madrugadas limpando bunda de velho só para ter um dinheiro extra e fazer pose de conta gorda no banco. Escondia o sofrimento, empinava o nariz e rebolava as cadeiras. Ah, Jussara, só você para me fazer rir agora. Não, sô! Até que dava um caldo e não estava morta. Aprendi a engolir a revolta. Fui castigada, o rancor é como água parada dentro de um pneu velho, sua substância salobra e venenosa promove doenças. O corpo não aguenta, né mesmo! O câncer deu as caras. Mas não quero pensar nisso, já chorei demais, nunca imaginei que o pigarro de anos era um sinal dos órgãos. Sabe o que não me sai da memória, dia e noite martelando na cabeça: a cena da partida, a rodoviária Novo Rio sempre aparece nos meus pesadelos? Pesadelos horríveis, um inferno! Ô amiga, obrigada por me ouvir, estava precisando vomitar tudo isso. Obrigada! Vamos voltar e aguardar a minha vez? O vazio que me amarga a boca diminui um pouco quando sou ouvida, obrigada, você nem sabe como me faz bem a sua companhia neste momento. Fé? Não, não tinha nada a que me apegar. Amiguei-me mais duas vezes, buscava proteção e tentava desfazer o nó no peito, preencher o vazio: o poço fundo. Primeiro casamento, como sabe, um fracasso. O segundo não durou quase nada, quando percebi que seria outra encrenca, rompi; somente com o Nelson acertei, homem bom e responsável. Ele se preocupa comigo e tem me permitido, aos poucos, confiar novamente. Sou carente, sabe? Preciso das pessoas, gosto de abraços, de delicadezas, quero ouvir coisas bonitas... sou faltante de mim.

Meu pai e minha vó? Morreram, faz tempo; mamãe não durou muito depois que o meu irmão, o João, sofreu aquele acidente, não resistiu ao choque, estava sem cinto de segurança e voou longe. Era o filho que ela mais gostava, a gente percebia claramente, não me conformei com a ausência do Joãozinho. Sobre a morte do pai, ficamos sabendo meses depois, não sofremos, ele ficou ausente tempo demais. Não falei dele, porque não sei quase nada. Sumiu na estrada. Gostava de peregrinar. Quase um estranho. A vovó? Não se importou em me largar na casa vazia e se foi com o filho andarilho, nunca soube o paradeiro dela. Acordei um dia e nem sombra deles, deixaram um recado na quitanda do Novaes: que eu tivesse juízo e arrumasse um jeito de bancar as contas sozinha. Fiquei em casa com os fantasmas, tinha medo do eco, das sombras invadindo o cômodo em noite alta. Meus filhos? Estão bem, a Joana está esperando o terceiro filho, o ultrassom está marcado para semana que vem, por mim tanto faz se menina ou menino. Os outros estão encaminhados, trabalhando com carteira assinada, graças a Deus, no Natal chegam todos para as festividades, a casa se enche de alegria e zoeira dos netos. Meus irmãos? Por eles é que não desisti, pela tentativa de me fazer notada que não cortei os pulsos ou outra coisa qualquer. Vivo por eles. Estou cansada, mas ainda tenho forças. O sol nasce toda manhã. Chamaram? Hein? Dona, qual foi o número que anunciaram? Vamos, Jussara, entra comigo para me ajudar a lembrar das coisas que o médico irá dizer.

Basílio

*Estava anoitecendo,
quando entrei em casa,
e nenhuma lâmpada acesa,
mas não cheguei a estranhar a
escuridão: eu, toda iluminada
por dentro como vinha.*

MENALTON BRAFF

Quando nasci já era tarde demais. Não conheci a minha mãe, ela fugiu com o amante quando eu era um bebê de colo. Soube desde pequeno, não fui criado sem entender de onde vim. Minhas tias cuidaram de mim, porque meu pai nunca teve jeito para trocar fraldas, dar papinha, banhos de cheiro ou conselhos sensatos. Fiz a festa delas — As Solteironas, como são chamadas pelos conterrâneos maldosos. De uns anos para cá ela tem me ligado, desde que saiu daqui viveu uma sucessão de exílios. Na primeira vez, procurou-me pelo Messenger, levei um susto, a estratégia que encontrei foi fingir indiferença, respondia secamente, mas ela não desistiu. Recebi um pequeno texto com lamentações e desculpas ainda hoje. Não estou preparado para compreendê-la.

Creio que tinha uns cinco anos quando a tia Nádia me apresentou à outra mãe, a simbólica: É ela! — disse-me, apontando para a imagem de Nossa Senhora da Conceição Aparecida instalada num canto da igreja principal (apesar da padroeira de Pirapetinga ser a Sant'Anna). *É a mãe de todos, é a sua verdadeira mãe, Basílio.* Adotei a figura materna que prometia ser infalível e presente, uma oportuna agiotagem do afeto. Intitulei-me: Basílio, filho de Maria. Todo ano pagava promessa, seguia na excursão do dia 12 de outubro para o Santuário, em Aparecida do Norte. Carregava a medalhinha santa de prata no pescoço. Fui coroinha da igreja, fiz aulas de catecismo, primeira comunhão, crismei, *confesso a Deus todo-poderoso e a vós, irmãos, que pequei muitas vezes por pensamentos e palavras, atos e omissões, por minha culpa, minha tão grande culpa* (nesse trecho: bate-se, vigorosamente, no peito para encenar melhor a introspecção da culpa católica). *E peço à Nossa Senhora Aparecida, aos Anjos e Santos, e a vós, irmãos, que rogueis por mim a Deus, nosso Senhor,* todo domingo era hóstia na boca, *isto é o meu corpo que será devorado por vós,* e os améns repetidos para evitar que eu, ele, você, déssemos de cara com o desejo. Aquilo que chamam pecado. Continuei insistindo na desgastada tática infantil, mas o que estava por vir não se curvaria às minhas estratégias.

Por onde andou? A forma com que me contaram sobre a sua fuga, o seu descaso com o filho no berço, retirou de antemão qualquer esperança. A nossa separação não foi suavizada, ao contrário, ouvi, durante toda a vida, as pessoas xingando a coitada e a condenando à fogueira. Silenciei-me e repeti desde menino que tudo ia bem, *ela nunca me fez falta.*

Nas reuniões das mães na época da escola, minhas tias se revezavam, às vezes iam todas, me sentia mitigado, dentro de mim o estigma de um fracasso marcava território. A angústia se deslocava diante da minha insistência em construir altares para o que é humano e falível.

Em 1995, assisti pela TV a uma pregação evangélica em que o bispo Von Helder, da Igreja Universal do Reino de Deus, chutava a imagem da Nossa Senhora Aparecida. Não soube bem definir o que senti; a cena, claro, foi deplorável, além de legitimar ainda mais a intolerância e a violência, mas repercutiu na ambição secreta (indigesta?) em destruir os totens que adorei durante a vida e que me fizeram abrir mão de muitas coisas ou adicionar a culpa ao prazer. Não fiz nada, porém. Outras religiões vêm sofrendo ataques constantes por causa do preconceito e da intolerância. A violência endêmica é grave e crônica em nosso país e tudo isso são sintomas que consolidam o caos que nos rodeia e nos afeta. No ano passado, um evangélico deu não sei quantas marteladas numa réplica da imagem da santa instalada na via pública em Águas Lindas de Goiás, ou seja, as minhas duas mães (do céu e da terra) estão sendo atacadas.

Passei a adolescência num enorme conflito e não topei com a liberdade.

Graduei-me em Enfermagem numa faculdade particular de Santo Antônio de Pádua, embora esteja trabalhando como técnico numa clínica médica particular, pois o mercado de trabalho especializado está bem concorrido, ainda mais numa cidade pequena como a nossa, raras são as oportunidades. Difícil é suportar a arrogância dos colegas vindos dos grandes centros urbanos, como a enfermeira chefe que veio de Niterói ou o Odilon, generalista nascido e criado em São José dos Campos, subestimam a nossa equipe, considerando a si mesmos como superiores, mal sabem fazer uma anamnese empática, pois colocam-se à distância da realidade do paciente. Não encontro nenhum concurso municipal sério em que eu possa me inscrever para concorrer a uma vaga para o nível superior, pois atuar na Saúde Pública me interessa mais do que lidar com a máfia dos convênios. Vez ou outra, entra um novato para chefiar a equipe da Saúde da Família, é um cargo de confiança que requer apadrinhamento e troca de favores políticos. Muitos dos colegas que se formaram comigo estão trabalhando em outras atividades, atendentes de farmácia, balconistas, corretores de seguros, sacoleiros, outros continuam desempregados. O Ozias conseguiu uma vaga em Jundiaí com a ajuda de um primo que venceu as últimas eleições. Soube que o Matheus está bem colocado na Petrobrás, fez especialização em enfermagem do trabalho, logo foi aprovado num concurso interno e ascendeu na carreira. O Rafael penou um tempo, mas há três anos trabalha como enfermeiro numa indústria em Cataguases. A Marcela é auxiliar de contabilidade no escritório da Célia. Ainda não me sinto preparado para ir embora daqui, entretanto estou ciente de que seria o caminho ideal para o meu crescimento profissional e pessoal. Por enquanto, não percebo a mínima possibilidade, ouvi dizer que abrirão uma vaga no postinho do Bairro Santa Luzia, agendei plantão na prefeitura para falar com o Secretário de Saúde, dizer que tenho interesse, mas fiquei sabendo que há gente cobiçando há tempos a oportunidade; injusta concorrência. Eu era bom nos estágios, queria socorrer as pessoas, aplicar o que aprendi. Se tenho uma certeza na vida é esta: nasci para a enfermagem. Então, por que não mergulho de cabeça nessa busca? Quem sabe me juntar ao Médicos Sem Fronteiras? Ir embora daqui, como fez o Matheus, tentar a sorte noutro lugar, mas não me movo, não saio da lamentação. A vida longe de casa me assusta, recuo repetidas vezes e acabo não saindo do lugar. Não suporto o meu emprego medíocre, não suporto o meu disfarce. Repito os códigos e conveniências da igreja e da sociedade, os aceito com uma falsa resignação, não sei qual a língua a minha boca fala. Gostaria de ir por um caminho mais honesto, percebo sinais de que o dique irá transbordar breve e temo as consequências.

Aos catorze anos de idade, percebi que não parava de pensar em um colega de classe, tudo em relação a ele me interessava, tentava desviar os pensamentos, mas não conseguia tirá-lo da cabeça, de qualquer forma, distanciei-me do Ricardo, e o que eu considerava uma estranha obsessão foi diminuindo, até que o esqueci. Fiquei aliviado, considerando que não havia motivos para me preocupar. Depois me peguei admirando outro aluno e não pude mais negar o meu desejo pelos homens, mas não era apenas isso, havia alguma coisa a descobrir para além da homossexualidade. Nunca tive nenhum desejo por mulheres. Disfarçava o máximo que podia com medo do preconceito e da repressão social. O papa Bento XVI acusava, em nome da Santa igreja Católica, o que considerava desvios e absurdos. Era (sou?) uma dessas aberrações? A ladainha católica me confundia ainda mais e eu me torturava repetindo *por minha culpa, minha tão grande culpa... lavai-me, senhor, da minha iniquidade e purificai-me do meu pecado*. Terminado o cântico de entrada, sacerdote e fiéis, todos de pé, fazendo o sinal da cruz e eu a repetir... *amém*.

Madrugada insone. Fiz o que pude, chá de camomila, contei carneirinhos, não conseguia afugentar a aflição, a mente transbordando pensamentos fragmentados que não se encaixavam dentro de uma lógica. Quebra-cabeça faltando peças e o sono nunca vinha.

Manhã nublada. O sino da igreja bateu oito vezes quando entrei no ônibus da Bassamar. Decidi ir a Juiz de Fora antes do dia nascer, era o meu sábado de folga, e perambular pelo centro comercial seria bom para espairecer. Precisava comprar o veludo azul anil, rodei de loja em loja e não encontrava o que procurava. Estava quase desistindo, quando consegui o tecido exatamente como o do modelo original. As pedras encontrei no calçadão da rua Halfeld; imitavam ordinariamente os brilhantes de cristais do joalheiro Georg. Mandarei bordar um manto lindo igual ao da Nossa Senhora Aparecida e farei o trajeto da peregrinação vestido com ele (a Aninha repete entre gargalhadas: *Que brega! Que mico! Não tinha uma tarefa menos escandalosa para negociar com a sua queridinha?*). O material já deveria estar com a dona Terezinha, que fará todo o trabalho de costura e acabamento. Arrependi-me de ter feito a promessa, na verdade, quase nada vem fazendo sentido para mim nos últimos tempos, ando confuso e diferente.

Muitas vezes me questiono: que queres? Quem és? Às vezes me pego pensando: será que sou mesmo filho do Almeidinha ou daquele vendedor de joias falsas? Ou do motorista da Cometa? A cidade inteira aposta que meu pai foi enganado e registrou o filho de outro. A suspeita me atormenta, mas não vou esmiuçar dúvidas, não tenho ânimo para construir um passado para mim. Meu pai tem um jeito especial de ser, é a criatura mais generosa que conheci, relaciona-se com a maioria dos moradores da cidade, não há morro nem escadaria que ele não suba. Sua inocência me encanta. Damo-nos bem e isso nos basta.

Retornei para Pirapetinga assim que terminei as compras, estava sem lugar, nada me estimulava. Não quis ficar para me encontrar com a tia Nádia e meus primos como havíamos combinado. Chegando, fui direto para a casa da Aninha e fiquei por lá até o dia amanhecer novamente.

Noite dos boêmios, parte 1 — antes de abrir a vodca:

Você tem razão, nunca rejeitei o que me asfixiava, leis intragáveis, leis incoerentes. Sim, divido-me em dois, um se acovarda e o outro anseia pela libertação que virá com o escândalo; debato-me e não encontro o isolamento necessário, o ponto de afastamento, a distância conveniente. Não estou falando apenas sobre sexualidade, mas da complexidade da existência. Aninha, estou prestes a contar para a minha família sobre mim, só não encontrei as palavras certas. Contorço-me na insônia e na culpa. No fundo era eu quem primeiro me tolhia, não conseguia enfrentar a possibilidade da censura e aversão das pessoas, tinha medo da inflexibilidade, do julgamento severo, o preconceito ganhando força diante da insegurança. Acomodei-me nesse jogo de esconde-esconde, influenciado pelos preceitos religiosos, pelo medo de decepcionar as pessoas, pela tacanhez que me cerca. Por que o meu grito não se solta, se ele ganha cada vez mais magnitude através do seu olhar? Perto de você, sinto-me prestes a adormecer uma noite inteira após iniciar a guerra. O temor de ser novamente abandonado se enfraquece com a sua amizade. Sei que, de alguma forma, a ação não é mais uma metáfora, não mais algo abstrato, pois começou a tomar forma e cor. Qualquer hora serei inteiro no grito que você me empresta, ele ganha impulso com suas palavras que não aceitam repreensões ou eufemismos.

Alta noite dos boêmios — parte 2 ou a lucidez da Aninha depois da vodca:

Você se perderá, Baby, nessa estrada esburacada do costume e da moral, mude o rumo, vá pelo caminho da coragem. O mundo está uma meleca, ou melhor: este mundo de merda está grávido de outro. Quem irá nos defender? Dá para ressuscitar os heróis? Um brinde à Pagu! John Lennon! Zorro e seu cavalo Silver nos instigarão à rebelião! Siiiiiiiiilver! Vão para Cuba, os medíocres gritam. Fomos enganados pela história da resistência, alguns dos nossos ídolos (temporários que sejam) cantaram para multidões, "apesar de você, amanhã há de ser outro dia", tem gente usando babador para não se lambuzar com o caviar, dá de tudo. Eta-ferro, cuidado, quase quebrou o copo, oh, veja a classe da piranha aqui para o brinde, chique, né? Estamos bêbados, e isso é a revolução possível. Sóbrios fazemos concessão para tudo, temos que nos adaptar, tudo é empurrado goela abaixo. Basílio, pare de rebolar e ande como um homem; Ana Maria, pare de sair com homem casado, não vê, está destruindo uma família; é a decoreba do Guidoval, da dona Lilica, do Helinho e de todos os etceteras do exército de babacas que se proliferam como vírus. Vão nos engolir, mas e daí? A gente se junta, fica grande para não caber na boca deles, nos vingaremos provocando a indigestão. O discurso fascista é o fermento da massa e esse bolo é nada mais nada menos do que tudo que nos cerca — gentinha cretina, burgueses, os pais & filhos do capitalismo lucram lucram, lucram e nunca têm fim, não se contentam, irão dividir com o capeta quando morrerem, não importa, a vida é aqui e agora e cada um por si, e além do mais, o inferno deve ser divertido. Está crescendo como uma praga, ué, mas é claro, estou falando da caretice. Você não percebe que o mundo está intragável? E não é efeito da maconha, nem do Bacardi ordinário com limão, pode crer! As bocas sádicas querendo nos devorar, acha exagero? Uns e outros se salvam, e o que parece moderno e liberal, traz o ranço e a força da mania de ditar o certo e o errado para os outros. Eu não estou nem aí para ordem e progresso, entre o isso e o aquilo, prefiro amor e sexo. Quer saber qual é a minha fantasia idiota? No Brasil nem riqueza nem pobreza, uma grande classe média... sim, estou delirando, e daí?, é o que nos resta. Utopia, meu caro, não servem para mais nada e não enche barriga de ninguém. O lema "é proibido proibir" ficou no outro século. Fodam-se os neoliberais, vão para Miami ou para Las Vegas, tanto faz, vão à merda e ponto final. Mais uma dose, por favor. Pertenço à média-baixa ou média-rebaixada? Sei que estou vendendo o almoço para comprar a janta, mas me divirto tirando sarro dos otários, só de sacanagem. Não vou abaixar a cabeça. Responda para a pesquisa do Censo Demográfico: qual a cor da minha pele? Parda é cor de papel de embrulhar pão sem sal.

O sino da igreja bateu duas vezes. É madrugada. As pedras de gelo caem no copo, reponho a sobra da garrafa. Reinicio a vertiginosa viagem em volta do quarto, à moda de Xavier de Maistre, não consigo dormir, a luz do computador se apaga automaticamente, não me acostumo com a escuridão, toco qualquer tecla, busco um manual de sobrevivência; deparo-me com o ensinamento fútil, no entanto propício para o momento. Método para beber whisky. É necessário escolher um copo com boa curvatura e um design que permita que o aroma chegue ao nariz sem se diluir pelo espaço. Para poder ser servido com gelo, o mais largo é o ideal. Despeje um dedo de uísque no tal copo e deixe-o repousar durante alguns momentos à temperatura ambiente. Em seguida, agite o copo para que o líquido se espalhe por todas as direções interiores. Mantenha a beirada do vidro impecavelmente limpa (o meu está marcado pelos dedos suados e pela boca untada com a oleosidade do amendoim que comi aos bocados). A dosagem não deve exceder os 28 mililitros (onde encontrar a esta hora uma régua ou uma métrica?!). Pegue o copo de whisky por baixo para que o calor de suas mãos não altere a temperatura nem o sabor da bebida. Por isso, os apreciadores optam por taças semelhantes às de vinho em que se pode pegá-las pelos pés. Um bom apreciador deve assimilar o aroma do whisky antes de o provar, pois é a forma correta de estudar a sua cor, a sua característica e pureza. Deve fazê-lo em três passos: Colocar o nariz dentro do copo e inspirar todo o vapor de álcool. Em seguida, é aconselhável posicionar o copo contra a luz (ainda não cheguei ao fim do túnel) e observar se a cor se mantém igual ou se a sua gradação está alterada. Aguardar cerca de dois/três segundos e agitar o copo em todas as direções para analisar o estado da cor. Colocar o copo de whisky junto ao nariz e à medida que for inspirando, deve-se rodar o copo de uma narina para a outra. Então, você saberá se o whisky tem caráter, se é puro e qual a sua essência. Fim da aula! Quantas regras, o diabo mora é nos detalhes, meu pai vive repetindo o provérbio. É madrugada e nem sei se meu whisky é legítimo ou falsificado, o copo está vazio, a garrafa está vazia, não distingo nada.

O sino da igreja bateu três vezes; ou foram quatro? Adição é uma operação básica da álgebra, mas já não sei conviver com o trivial. A luz do computador apagou por fim e eu me aliei aos vultos noturnos.

Permaneço em estado de graça (ou de desgraça, tanto faz).

(...) rio-me e volto à expedição entre quatro paredes. *Stand-up comedy*.

Ao meu lado, marcham o forasteiro, o andarilho das nuvens, o habitué de confessionário, um impostor e seus múltiplos disfarces. Navego em 360 graus, vejo a sombra deitada na minha cama, olha-me com olhos sarcásticos e se põe diante do espelho que ocupa a porta inteira do guarda-roupas, as paredes giram com o teto, tento respirar, o diafragma exausto pede calma. Divido-me entre o que quero e o que querem de mim, e a essa força antagônica me imobiliza. Um papel carbono insiste em interpor-se entre mim e ele (que se ajusta em meu corpo num molde quase perfeito), duplica-me, duplica-se. Ando como as formigas de Escher na banda de möebius, não sei onde está o começo, onde se encontra o fim da estrada, não sei se estou dentro, fora ou do avesso, mas caminho compulsoriamente. Somos criaturas univitelinas em completa beligerância. Há um território confuso entre nós. Hesito, e ele se aproveita de todas as pausas. Anda com minhas roupas, vai ao trabalho com as minhas pernas, chama a minha mãe de Excomungada, ele age cotidianamente. Os que vivem à volta, amigos, parentes, animais de estimação não percebem a sutil colonização, ou percebem e não dão o aval que preciso. *Pusilânime*, ouço a voz melodiosa e sarcástica. *Fugistes, novamente, para a alcova?* Meus dilemas se dilatam pelo quarto, engulo a última gota da bebida que restou no fundo do copo. Rio-me novamente em histéricas gargalhadas.

(...) é quase manhã, não caibo no espaço que se afunila.

Jogo a toalha para marcar a plena desistência, o jogo está perdido e peço que aja em meu lugar, tão exausto e sem forças diante da injusta competição. Esse quarto me sufoca. Chamar-me-ão um dia para depor. Detonar a bomba de espermas, transar com estranhos nas noites clandestinas, render-me de quatro, perder-me em becos obscuros. Minto sempre, digo que não sei, curvo-me a dizer amém, sigo de cabeça baixa, mas faço isso, dissimuladamente, quando em terras distantes, extravaso: fodo vinte quatro horas, não tenho tempo a perder, o último trem já se anuncia, ouço o seu apito estridente, preciso partir. *Cala a boca, porra! Psiu! Bico calado, Baby! Nada adianta. O whisky acabou.* Ele insiste, me provoca, pede coragem. *Fora, malditos, ditadores da moral.* Vale imenso, perdido no caos da estupidez humana. Matar, morrer, que importa? Legítima defesa, alegaremos. Quando foi que me ausentei? Tento me levantar do chão, a cama está próxima, mas não consigo me arrastar, estou embriagado, o quarto inteiro, uma roda gigante com painéis luminosos. Não era eu quem cantava a canção do exílio. Era o outro que me subdividia para enfraquecer-me, para ver-me vomitando abraçado ao vaso sanitário. Até da marca de nascença ele se apropriou. Queria eliminar o amargo da boca, a dor de estômago, a azia, por isso atirei. Tiros certeiros no centro nevrálgico de suas veleidades. Pum! Pum! Pum! E o meu corpo caiu diante dos meus olhos, preciso de um chá de boldo, do sono tranquilo, de um café amargo, do banho gelado, de um abraço. Um dia ele se foi, arrumou as malas, afagou o Getúlio num cenário de cinismo. Desesperado, corri pela casa, vasculhando os lugares mais improváveis, inesperadamente, senti-me só. Preciso aprender a voar, um salto do vigésimo andar. Quando vi o seu reflexo no grande espelho, atirei, descarreguei a arma, não sobrou munição. Um tiro depois do outro. Pum! Pum! Pum! Morra, idiota! Quando os primeiros raios de sol entraram pela janela, éramos uno em completa ressurreição, e a ponte que me levaria do gozo à exaustão estava estendida sobre o abismo. Bastava ser um equilibrista. Ele não morreu, ao contrário, sou eu quem sucumbe. Um dia ainda consigo passar ao ato e então, cometerei o crime hediondo e perfeito. Silencio. Silenciamos diante do novo dia.

O sino da igreja toca e não sei mais das horas e das conveniências. Quase adormeço, mas o soluço brusco que rompe da minha garganta me desperta por completo.

Depois de uma semana exaustiva de trabalho e do banho morno, não quero mais nada além do repouso. Reparo nos meus pés com as unhas crescidas e o calcanhar áspero, então me concentro na tarefa de cortar, lixar, hidratar. Espreguiço, alongo o pescoço para a esquerda, para a direita, para cima, para baixo. A língua que nunca se percebe encolhida para caber na boca, relaxa. Em cadeia outras partes do corpo atendem ao meu comando e os músculos se descontraem um a um. Contemplo as pulseiras artesanais que uso há mais de um ano, e as mãos longas ganham uma delicada massagem, dedo por dedo, a palma da mão e o dorso. Faço o exercício que aprendi para aplacar a ansiedade. O olhar em brasa admite a nudez como estímulo. Coloco um filme pornô na tela do computador, dois homens se lambem e exploram o corpo um do outro, não há romantismo ou sedução, uma verdadeira orgia de quinta categoria, mas me excita. Recordei do que eu disse à Aninha na noite passada: *o sexo é um condutor de eletricidade que movimenta a cidadezinha religiosa, mas a culpa e a repressão moral tornam as pessoas infelizes, acuadas ou cínicas. Olhos nos espiam por todos os lados, como um autêntico reality show, nos olham atrás das cortinas, nas gretas das venezianas, nos buracos das fechaduras, debaixo dos capacetes, de viés, de frente, pelas câmeras, nas páginas do facebook, no Instagram; os incansáveis alcoviteiros sabem de nós pela ficção que inventam. Somos tolhidos e incendiados pelo voyeurismo que tomou o mundo, o que excita, perturba, e às vezes, mata. Vivemos sob um panóptico mais engenhoso, sob o olho absoluto da contemporaneidade, sem os muros que separam o dentro e o fora, somos vigiados o tempo todo, a liberdade que intuímos ter é um engodo.*

Meu pau desperta, ganha volume e comprimento. O prazer conhecido veio chegando e tomando o corpo todo. O manto, reluzindo no encosto da cadeira, desperta o leão que estava adormecido. Tentei reprimir a fantasia maluca e transgressora, sabia que seria a ruptura definitiva, o divisor de águas, mas não havia um modo de fuga à disposição. Admirei o manto entre as minhas mãos, me pareceu uma alegoria carnavalesca. *Liberta-se, amigo, e veja às claras quem você é*, a frase singela da Aninha me incitando. Coloquei-me em frente ao espelho vestido com a fantasia sobre o corpo quente, sobre o corpo nu, senti-me intenso e verdadeiro, esplendoroso e excitado, demasiadamente humano. Quanto mais me olhava dentro daquela veste, mais o tesão brotava no filho espúrio. Estava, há tempos, prestes a romper com o embuste, só não suspeitava que seria tão rápido e altissonante. Aumentei a música na vitrola e o ritmo da punheta, e me peguei recitando baixinho uma oração pedindo misericórdia, aquilo era tão... (pecaminoso?) pungente! O corpo se contorcia, a face expunha o deleite; chupava o polegar e ele se movia para acariciar o céu da boca. Sabia que não mais seria o mesmo após o gozo. O manto dando sentido e prazer, e eu me sentindo integrado naquela veste de rainha. Fui me conduzindo ao orgasmo. Amparei com a mão o líquido quente e jactante e o esparramei pela barriga em direção ao tórax, percebendo que não era sujo, que não era fétido. De tão ofegante, receei ter uma síncope — tão excêntrica e reveladora a experiência. A respiração foi suavizando, tirei o adorno (já não o vi como um objeto santificado), dobrei-o de forma bem vagarosa e o guardei para sempre dentro da última gaveta da cômoda, junto com a imagem daquela que adotei, sob o equívoco, como mãe. O incesto simbólico me libertou de uma prisão. Tomei uma ducha demorada para amenizar a repugnância, o asco vinha à garganta, paradoxalmente, um sentimento bom veio encobrindo o mal-estar, um conforto ao receber o vento que sobrava lá fora, alívio e liberdade. A Santa nunca foi a minha mãe, o manto que usei não era sagrado, sou tão humano quanto a Excomungada — essas certezas me trouxeram paz e vontade de recomeçar de outra maneira.

Olhei pela janela e vi as roupas no varal, sorrateiramente, desci e peguei uma anágua negra e transparente, retornei ao quarto e dormi com ela.

Acordei ansioso para descer para o café da manhã em família, peguei o objeto, pareceu-me tão minúsculo em minhas mãos trêmulas. Sua cor era vermelha, matte de longa duração. Desci as escadas, e logo percebi a conversa cotidiana, tremi, mas decidido, sentei-me no lugar de costume. Desejei bom-dia a todos como se eu estivesse regressando do exílio depois de longos anos. A borda da xícara com a marca da minha boca me convenceu de que o caminho era sem volta. Oxalá! Eles silenciaram, disparei a falar o que me vinha à mente para enfrentar o pânico. Num certo momento, sem saber mais o que fazer, cruzei os braços atrás da nuca e encarei todos aqueles olhos que me fitavam espantados. A Neida tinha os dela ensopados, o meu pai de cabeça baixa, resmungava algo incompreensível, a Socorrinha trazia o bolo e o riso disfarçado no rosto, a Naira me olhava espantada, Nena ajeitava a presilha nos cabelos. O pai aproximou-se de mim, pegou o guardanapo e o esfregou com força em minha boca, mas aquele vermelho seco não domesticável espalhou pelo meu queixo, e a barba por fazer estraçalhou o papel. Ato contínuo: levantei-me, fui ao banheiro e limpei o borrão, retornei para o mesmo lugar na mesa, apreensivo, porém com o batom retocado. Apesar do silêncio, no gesto o ultimato. Não haveria mais o cinza morando em mim. O Getúlio, parecendo gente, pulou em meu colo, quis dar apoio e quebrar aquela atmosfera fúnebre. Nada se ouviu sobre o acontecimento por vários dias.

Você tem um irmão, ela me contou em um dos telefonemas. Será que se parece comigo? A mãe recém-chegada garante que sim, *o Dudu tem os seus olhos e o seu sorriso*. Soube que foram penosas as suas peregrinações habitando porões, subindo ladeiras intermináveis, enclausurada em becos escuros. Cidinha, a sua mãe (a avó que nunca conheci), carregou pedras para contornar a miséria, o pai nunca deixou um rosto para que ela pudesse reconhecê-lo, o irmão mais velho foi assassinado por causa de rixa entre gangues em Macaé, o mais novo está cumprindo pena por tráfico de drogas, e o outro se mudou para Rondônia, quis fugir do azar. Ela ficou sozinha num mundo bélico que lhe exigia coragem o tempo todo, pois cedo demais o câncer levou a sua mãe.

E não abandonou o bom humor e a fé na vida. Morou na casa dos patrões sem dia de folga, sem hora para servir. Quando o meu pai a conheceu foi como um anjo chegando para a proteger; casaram-se numa tarde discreta, só os dois e as testemunhas, a maioria das pessoas foi contra, *é rabo de foguete, Almeidinha; rapaz, onde você foi amarrar a sua égua?* As minhas tias foram cedendo para não desagradarem o irmão, mas custaram a se conformar com a convivência diária. O casal se dava bem, escutei a tia Neida contar, mais de uma vez, que a Excomungada era carinhosa e paciente com o Almeidinha. Ela tinha gana de sair pelo mundo e se foi numa madrugada para desbravar o lugar que presumia capaz de recebê-la de braços abertos como o Cristo Redentor do cartão postal. Nada foi fácil. Penou vendendo tranqueiras na praia de Copacabana, o sol machucando a pele, o dinheiro curto e um homem infiel. A vida dando mais do mesmo, e ela seguindo em frente como dava; os anos, indiferentes à sua inesgotável esperança, seguiam corridos e nebulosos. Engravidou quando trabalhava numa fábrica clandestina de roupas íntimas; o emprego temporário e o filho na barriga aumentaram as suas preocupações com o futuro, *não quis abortar, nenhum carniceiro coloca mais as mãos em mim.* O novo companheiro desempregado, ela tendo que se virar para que o Dudu viesse ao mundo com o mínimo de dignidade, além de vender chá gelado nas praias, fazia faxinas nas horas de folga, aceitava encomenda de bolo para festa e ainda tinha ânimo para trabalhar na bilheteria do clube de futebol do bairro quando havia jogos do campeonato local. *Não foi fácil, mas eu me virei e não me dou para a queda*, disse-me sorrindo. Estava decepcionada com o Rio de Janeiro, e quando se separou do pai do Dudu, quis retornar. Pediu mil vezes perdão e insistiu em dizer que não se arrependeu de me deixar, *foi melhor para você, sempre soube disso.* Nem precisei me esforçar, depois de tudo que ela me contou com franqueza e com coragem, não tive como remoer mágoas.

Quando veio me ver pela primeira vez, eu fiz questão de caprichar na cor do batom. Não queria segredos entre nós. Correu tudo bem, pude falar abertamente sobre mim, sobre meus medos. Senti-me excitado como uma criança adotiva conhecendo sua nova família.

Ela acendeu o cigarro, nem se deu ao trabalho de soltar a fumaça pela janela, *Hollywood, o sucesso, sou formada nessa escola*. Considerava-me alérgico ao tabaco, e as minhas tias para me protegerem impediam que as visitas fumassem dentro de casa; fiquei magnetizado com a cena, não me importei com o cheiro ou com a fumaça, o enigma sobrepôs-se ao ato antes repudiado, e me peguei admirando a sua naturalidade ao levar o cigarro aos lábios, ou nas vezes em que batia as cinzas no cinzeiro improvisado que se formou com sua mão em forma de concha. Estava farto de anjos e santos. Elenquei hipóteses e o *insight* vindo à tona: não era o cigarro que me fazia mal, não era a fumaça dele que me asfixiava, tentei recalcar o que ouvi quando me pegaram com uma guimba que achei no chão do quintal: *ficará vulgar como aquela que te abandonou*, bastou vir à superfície a frase ouvida na infância para que os batimentos cardíacos se acelerassem. *Aquela que te abandonou* — foi o recorte que eu não suportei conciliar. Aquilo que se abrigava sob o véu deu às caras, e o sentimento veio agarrado à lembrança, o afeto viajou do passado para o presente e as lágrimas encharcaram o meu rosto, não tentei controlá-las e a minha mãe chorou comigo quebrando a potência concreta do substantivo abstrato, abandono — palavra-lâmina. Quanto mais escavo, mais vejo surgir um ser pelo qual tenho mais e mais admiração. Foi nesse momento que decidi iniciar a minha análise, Ângela Baptista, a psicanalista baiana tem me atendido pelo Skype. Ela é fantástica.

(...) Madalena, ou a Excomungada, ou minha mãe, passou dias justificando a ausência. Explicou-me que quando foi embora, pareceu ter sido de golpe, mas não foi, tentou por diversas formas dizer ao meu pai que não dava mais. *Não quis ou não pôde ouvir até o fim o que eu tinha a dizer, talvez pelo amor que ainda tinha por mim ou pela dependência incurável.* Ela tinha consciência de que o povo daqui não estava preparado para entender a sua atitude. Acreditou piamente que seria o melhor para mim, para meu pai e minhas tias — *as pessoas me jogando na cara, mãe que é mãe não abandona o filho e não merece perdão, se não o queria, por que engravidou? mas eu precisava ser ao menos sensata, não me arrependo, eu atraía desgraças.* Ela iria se aventurar na instabilidade, conhecer as fronteiras para além da sina encruada. A "Excomungada" (digo entre aspas, porque é significativo para mim o avesso da santa) se repetia nas explicações e eu não me cansava de ouvi-la, pois ela chegou no momento certo, quando eu estava pronto para mudanças. Agarrou-se à oportunidade, era jovem e não tinha medo de ousar, perder já era costumeiro; a vida foi árdua — não muito diferente dos carregadores de pedras que trabalham nas pedreiras da região junto com a sua família. Não conseguiu escapar da herança social. Tanto esforço fez, que uma hérnia de disco e duas trincas enfraqueceram a cervical. O cigarro aceso permanecia entre os dedos, um atrás do outro, enquanto ia me contando sobre as suas andanças.

Como a compreendi tão naturalmente e com tanta rapidez, se por anos neguei todas as tentativas da tia Neida de me aproximar da história materna? Não queria mais ouvir as pessoas falarem que meu pai se casou com uma desqualificada, que manchou o sobrenome dos Almeida. Chego a ter inveja de seu arrojo, seguiu seu caminho sabendo que seria incompreendida. Ela lutou contra a hipocrisia, viu-se mais claramente que muitos de nós. E eu me contentando com aquela mãe santa que me recomendaram! Aprendi a reconhecer a mulher humana, nem Excomungada nem Santa, mas feita de sangue, carne e osso.

Dias depois, desci para o café com o vestido tubinho que a Aninha me emprestou, além de batom vermelho nos lábios, o delineador preto e o rímel marcavam os olhos. Nos pés o velho tênis, criava um estilo informal. O pão crocante com manteiga e o café com leite para debelar a fome, depois seguir para o trabalho, como faço há alguns anos. As tias tentando me convencer a ficar em casa ou trocar de roupa, mas estava decidido a enfrentar todos à minha maneira. Olhei-me na câmera do celular e dei o clique. Pronto, postado nas redes sociais, nova foto para o perfil. Para finalizar, compartilhei pelo facebook uma instigante matéria do filósofo Paul Preciado.

Enquanto caminhava para a clínica as pessoas cochichavam umas com as outras, os carros diminuíam a velocidade; dentro de mim o medo e o sarcasmo; os conhecidos não sabiam se me cumprimentavam ou não, a minha mãe apontou na esquina, veio com o cigarro queimando entre os dedos, seguimos lado a lado, conversando e rindo, distraindo-nos do pânico. A cidade teria o que falar por alguns dias. *É uma Laerte, eu sabia; nunca me enganou; nossa, foi o retorno da mãe que atiçou o garoto...* e assim, seguiriam dias excitados, tendo do que falar. Havia encontrado um ponto de equilíbrio e não queria fraquejar. Ela me beijou a testa quando chegamos à clínica e rabiscou num papel o número do chip novo que comprou. Entrei de cabeça erguida como um ator no palco, ocupei o posto de trabalho e entendi que deveria me comportar como num dia normal, as tarefas acumuladas pediam concentração. Depois de uns trinta minutos, a chefe me chamou e me pediu para voltar para a casa e retornar ao trabalho quando me sentisse melhor. *Estou tranquila, não tenho nenhum mal, ou enxaqueca, ou dor nas pernas, estou realmente bem, não preciso de folga ou mudança de horário... ah, o vestido? Estou confortável, afinal não é curto, bate nos joelhos como aconselha o código de ética. Está calor e sinto-me contente, afinal. Não pensei que fosse preciso permissão para a escolha da minha roupa.* Nos anos setenta a moda era unissex, a Aninha tem fotos do pai com calça boca de sino xadrez, bigode grosso, costeleta e sapato plataforma, estão lindos mãe e pai vestidos quase da mesma maneira... bons tempos, é da época da senhora, recorda-se ou se esqueceu de como a liberdade pode ser boa companhia? *Facilitar? Estou bem assim.* Não me deixou trabalhar, impôs condições, mas estava decidido. Peguei a caneta de suas mãos, caminhei até a impressora, retornei com uma folha em branco e redigi, com orgulho, a carta de demissão.

Eu passava o feriado de carnaval no Rio de Janeiro, era uma tradição da qual não abria mão. Lá podia me montar com roupas e acessórios de mulher e me sentia bem no look feminino. O *cross-dressing* liberal e apadrinhado pelo samba. Não conseguia entender que não era uma fantasia, mas um chamado. Não estava amadurecido para me compreender. Por quatro dias me libertava do purgatório. A angústia retornava comigo nas quartas-feiras de cinzas. O rio inquieto ameaçava avançar sobre as margens opressoras. Ainda estou tentando compreender quem sou.

Andei quilômetros para ver *A garota dinamarquesa*, quando Einar posa com um vestido de seda, quase por brincadeira, para substituir a modelo que não compareceu no ateliê de sua esposa, ele se reconhece como uma mulher vivendo num corpo de homem e se transforma em Lili, foi a primeira pessoa, segundo o enredo, a fazer uma cirurgia para mudança de sexo. Que filme lindo! Infelizmente, ainda não consegui assistir ao documentário "De gravata e unha vermelha", de Miriam Chnaiderman.

Não tenho nenhuma intenção de me submeter a processos cirúrgicos, eu e meu pênis nos damos bem; sinto-me feminina com o corpo que tenho. Sou uma mulher com características e alma particulares. Não quero me sucumbir aos rótulos, não quero me encaixar em siglas, quero me compreender e me aceitar como sou. Ando pensando em buscar uma abertura no campo jurídico para alterar o meu nome, poderá ser um ato que me aproxime do lugar que é meu e que a cultura e o costume não me deram. Confesso que estou confuso, não sei o que reivindicar do mundo exterior, por isso não tenho pressa. Reconheço-me com o nome que me deram, não sei se me adaptaria a outro. Poderia trocar a última vogal por outra, ou seja, o "o" pelo "a". Basília! Aff! Não! Apesar do fracasso sonoro, eliminar a última vogal; Basíli, o "i" plural dos italianos. O que sei é que isso não é o mais urgente. Quero investir na minha carreira, amo ser enfermeira. Sei que não facilitarão a minha trajetória, pois não cederei às convenções. A Aninha me alertou: *amiga, saiba que a batalha será grande, se você trabalhasse com arte ou com estética seria mais fácil, mas andar pelos corredores dos hospitais com a sua elegância e boca vermelha de seringa e prontuários nas mãos, será motivo de rejeição, desconfiança, ofensa e preconceito. Prepare-se para a peleja.*

Desde a morte da tia Neida que a minha vida está de pernas para o ar, ela faz tanta falta, precisava dela ao meu lado neste momento. Desde que saí daquele empreguinho de merda que estou ansioso com o futuro, atento às oportunidades, já me inscrevi em dois concursos públicos, também quero apresentar um projeto de pesquisa para iniciar o Mestrado numa boa universidade. Mesmo ouvindo agouros das bocas de terríveis sibilas e dos Tirésias de foice nas mãos, eu estou pronto para recomeçar. Já recebi ameaças anônimas, mas não vou me abater, seguirei em frente, não há retorno.

Ouço rumores pela cidade, eles troçam de mim, relevo, pois esses conservadores não têm condições de me entenderem. Esperneiam, xingam, zombam, quanta energia gastam, meu Deus! Os evangélicos, os católicos e os moralistas estão mais a par do mal do que do bem. O Ronaldo tem razão, os pastores falam mais no Diabo do que em Deus. Rezam dia e noite e seguem em busca da prosperidade e nada do encontro com a fraternidade. O ódio está tomando conta das pessoas, fanatismo e hipocrisia em poderoso consórcio, formidável matéria de campanha política. Muitos não me aceitaram, mas não recuo, sinto-me mais honesta e íntegra. Há uma parte de mim que se diverte com o espanto das pessoas, quando me veem passeando pelas ruas. De vez em quando, finjo tirar a calcinha do rego para me divertir um pouco. Ô povinho chinfrim!

[Aferrei-me durante anos ao engodo, a minha fixação em ter uma mãe substituta me fez seguir em direção oposta ao desejo. O investimento católico era a tentativa vã de fuga].

Coloquei um aplique nos cabelos no salão em que minha mãe trabalha, ela ajudou a Susane na transformação. Quando mirei o espelho, tive vontade de dançar um tango, tão feliz e satisfeito. A Aninha, como sempre, está ao meu lado e não deixa de me alegrar com a sua fala espontânea: *Baby, você está mais chique do que a Angelina Jolie e mais interessante do que o Brad Pitt, mas tem que aprender a passar o delineador, ficaria melhor um traço bem fino para realçar naturalmente os seus lindos olhos negros. Poxa, baby, estou tão feliz por você. E é isto: os conservadores que se lasquem, que roam as unhas, que se contorçam.*

Meu pai não aceita, sente vergonha, torce a cara quando me vê com as roupas novas, porém ainda não me disse uma palavra de repreensão. Se o conheço bem, ele está tentando compreender, mas ainda não conseguiu. As minhas tias estão se acostumando, apesar da tia Naira sofrer com os comentários maldosos que fazem sobre mim. Viveu cercada por gente fútil. Adoram irritar a amiga falando mal da sua família, *tem homem que nasce para ser chifrudo, não tem vergonha na cara; só pode ser doido para insistir em ficar com uma mulher vulgar como a Excomungada... A gente não sabe se o seu sobrinho é homem ou mulher, está complicado viver neste mundo que tudo pode*; ela me conta entristecida, fica chateada com a língua-labareda das falsetes. A Nilza é mais discreta e sensata e não a abandonou como as outras, são amigas desde a adolescência, há uma irmandade sólida entre elas. A Nilza cumpre uma carga-horária extensa e não tem tempo para as visitas constantes, liga quando pode e não esquece das datas comemorativas. Ontem a convidou para um jantar em sua casa, mas a titia está tão desanimada com tudo isso e com a morte da irmã mais velha que recusou.

O sino da igreja ainda ecoando em meus ouvidos... para tudo hora marcada.

Parei de me aventurar em encontros clandestinos que mantinha com garotos de programa e nos que marcava pelo Tinder, eu saía muitas vezes com homens casados (que não querem se expor, posam de heterossexuais para a família e a sociedade, já usaram de violência para me ameaçar, têm medo de que eu abra o bico). Nunca falei com ninguém sobre eles, nem falarei; aliás preciso esquecer as humilhações pelas quais me sujeitei a passar por correr atrás de um pouco de carinho e sexo. Quero um namorado. Por hora, vou me dedicar aos estudos, levar a sério a minha carreira de enfermeiro, afinal, passei cinco anos ou mais estudando para isso. Claro, sonho encontrar alguém legal que seja um companheiro para a vida, e quem sabe, um dia, adotar uma criança? Sei lá! Penso em tudo quando o assunto é amor.

A casa ficará grande quando eu me mudar, mas farei um esforço para vir sempre que possível, para não abandonar o meu pai e minhas tias. A Aninha virá comigo. A saudade da tia Neida bate forte, ela dava-nos segurança, apesar dos nossos problemas, somos unidos e respeitamos uns aos outros. E a nossa maneira de viver, vista como excêntrica, nada tem de anômala. A varanda ainda possui o cheiro dela, dali ela avistava lonjuras.

Ganhei o Gusmão há muitos anos, ele nos conquistou e a casa sem ele ficaria ainda mais imensa e taciturna. Animava a casa, enchendo-a de palavras e festas. Não sei quem fez a denúncia, mas a Naira me ligou aos prantos, saí correndo da biblioteca, deixei as minhas apostilas para trás de tanto susto. Os agentes do Ibama queriam levar o bichinho à força, o Gusmão logo se agitou. Morou no parapeito daquele janelão aberto da cozinha e se acostumou com o cativeiro e conosco, a liberdade que lhes ofereciam (tardiamente) foi recebida como a chegada da peste, uma doença que ele teria que enfrentar.

Mãos estranhas e indelicadas tentavam agarrá-lo e ele lutando, protestando, voando pela cozinha em fuga. A Socorrinha ameaçou enfrentar com vassouradas quem pegasse no seu amigo. Pediram o registro, mas não encontramos, tanto tempo se passou e não sabemos onde a tia Neida enfiou o documento ou se ele existe. Nos deram lições sobre ecossistema e a importância da reprodução. Não sabia o que fazer e os funcionários olhando de viés para a discreta maquiagem em minha face e o meu vestido florido de verão.

Meu pai chegou, aparentemente calmo, conhecia um dos sujeitos, pediu-lhe um tempo para provarmos a legalidade, completou com desculpas esfarrapadas e explicações prolixas. *O bichinho não se acostumará em outro sítio.* A princípio, aquela conversa mole parecia ter dado bons resultados. Quem teria feito a denúncia? O Gusmão era queridíssimo pelos amigos, familiares, vizinhos, sobretudo as crianças. Apenas as pessoas mais chegadas o conheciam de perto, pois ele postava-se na janela da cozinha que dava para os fundos da casa, não tinha quase nenhum contato com desconhecidos.

Os agentes voltaram no dia seguinte, não teve mais espaço para o diálogo ou defesa, levaram o nosso amigo. Quando o empurraram para dentro da gaiola móvel, Gusmão já começou a se bicar, dias depois recebemos a notícia de que ele se feriu até à morte.

A casa nunca mais seria a mesma, nem nós.

Estávamos todos reunidos na varanda, aguardando o passar das horas; monossilábicos, não tínhamos ânimo para falar sobre as ausências, a sobra de espaço na casa era visível. O espetáculo circense do impeachment está chegando ao fim, a barbárie se despontando num show nonsense: os cabelos, as vestimentas, os discursos, a vulgaridade; aff, a vergonha internacional transmitida ao vivo e em cores. Estávamos sem condições para o riso, fomos abatidos pelo mal. O parlamento prenuncia: o golpe à moda do século XXI. O país se dividia para além de seus rios. Para alguns, o momento era de festa; para a democracia, um rasgo fundo. Getúlio sem forças para se locomover, se recusava a sair da varanda fria, a veterinária nos previu que ele teria poucos dias de vida. Notei mechas brancas invadindo os cabelos da tia mais nova. Meu pai, lustrando a Julieta, participava da reunião um pouco à distância, pareceu-me atormentado quando saiu pedalando às pressas. A tia Naira comia as unhas e se assustava todas as vezes em que os fogos de artifício estouravam no vácuo, não suportando o novo tempo e as novas demandas, esquecia-se das coisas e suas funções, andava com os nervos à flor da pele. Não é Alzheimer, afirmou o doutor Jaiminho. Breve, eu também não estaria mais ali. Cheguei a pensar em adiar a partida, pois a minha consciência pesou diante do cenário de tantas despedidas. Apenas Socorrinha estava animada e quebrou toda a atmosfera de luto nacional quando veio aos pulos da cozinha com o pano de pratos nos ombros, não falava coisa com coisa, estava eufórica. Por fim entendemos: Talita foi aprovada no vestibular. Uma esperança compartilhada. *Talita passou no vestibular*, ela repetia, repetia. Na boca o sorriso, nos olhos lágrimas ancestrais.

Nena

*Prender-me às
pequenas coisas,
aos ritos mínimos capazes
de me salvar da vivência
do vazio.*

RICARDO PIGLIA

A noite está insuportavelmente abafada, os termômetros marcaram durante o dia por volta de trinta e oito graus, ligo o ventilador de teto e escancaro as janelas, mas outra febre assanha, pressinto. Tudo está imóvel, nenhuma folha se mexe nos galhos das árvores, nenhum sinal do vento. Apago a luz. Não consigo uma posição na cama. Tiro a camisola, não refresco. Tiro a calcinha. Levanto-me, nua. Acendo a luz. Posiciono-me em frente ao espelho oxidado, surjo em meio ao bolor e a umidade. Preciso criar uma maneira nova de me ver, mais complacente, mais terna. A imagem refletida é minha e é outra, o novo rosto se sobrepondo ao antigo requisita um acerto de contas, expõe os fracassos e as promessas que se perderam, pede ações inalcançáveis a curto prazo e destaca rudemente a cavalgada veloz do tempo. Nele, no rosto novo, cabem a urgência e o cansaço. Se a transformação que noto é um processo biológico natural, por que me recuso a admirá-lo? Custo a me reconhecer. Decorei a face que um dia tive e não sei o que dizer a essa pessoa que me olha no espelho com descontentamento. As bochechas perderam a integridade, tento num gesto facial devolver as pálpebras para o lugar altivo de antes, a boca não se importando com a estética, se abre com avidez de antes — quer engolir, quer mastigar, quer chupar, quer cuspir; a pele ainda mais pálida reclama luminosidade, o suor da testa retém-se por alguns segundos entre as linhas de expressão, os olhos se apequenaram, mas dentro das retinas ainda hei de encontrar o brilho intenso da menina que fui, ela mora lá que eu sei. Olho para as mãos. Ah, as mãos tão prestativas e com gana de conceber todos os origamis, de dar aos objetos inúmeras formas, desaprenderam a tocar a face de uma criança, nunca souberam trabalhar com a seda, com o tecido leve, macio, escorregadio, sempre o couro bruto, nunca tentaram sequer construir um território em miniatura. Foram talhadas para o trabalho rude. Debaixo das unhas os restos da graxa escura, vestígio da dedicação de anos. Do nariz não sei bem o que dizer, parece-me o impostor costumeiro, esteticamente nunca combinou com nada em mim, essa massa proeminente que cresce às escondidas. Seguro os seios e os coloco no pedestal — lugar da juventude; depois, solto-os, deixo-os à mercê da gravidade e por fim contemplo-os, as auréolas enrugam como se acariciadas por um hálito gelado, mas é o meu olhar que carrega Eros. Estou nua diante de mim. Os pelos crescidos há tempos cobrem a gruta, a fenda da mulher. Minha fenda. Minha gruta. Tomada por um impulso, levanto os braços para ver os sovacos, *preciso depilar*, concluo em voz alta. Tento inutilmente fazer o exame das mamas, tão necessário, o qual nunca aprendi corretamente. E agora não é hora para aprender mais nada. Pernas sem curvas, joelhos pontiagudos, pequenas varizes colorem a perna branca. Elenquei bons motivos para não me desejar. Apaguei a luz. Deitei-me na cama imensa. Não teria como evitar, o calor vinha a partir do estômago e ganhava espaços. Às vezes dava certo: chupar o dedo da mão para pegar no sono — um vício infantil que nunca abandonei. Rendi-me ao que brotava à flor da pele, e o dedo molhado de saliva circulou levemente o bico dos seios, desejei chupá-los inteiros. Imaginei outras bocas, cada hora uma, de mulher, de homem, as duas, várias, o pênis ereto roçava a vulva escondida entre penugens, sabia que ele queria ser engolido.

Para assanhar o prazer, revivi a imagem que nunca me saiu da cabeça desde a pré-adolescência: olhando pelo buraco da fechadura, vi quando o Almeidinha tirou a toalha e exibiu o seu pênis ereto, grande. Foi a primeira vez que encarei um homem nu, permaneci mais por alguns minutos observando até o momento em que ele se vestiu. Foi tudo o que aconteceu, uma travessura, mas nunca me esqueci. Desconfio que a lembrança tenha adquirido dimensões fantasiosas, afinal foi há tantos anos, mas a resgato dentro das névoas para me excitar.

A fantasia em posse do momento desperta outros objetos para servirem ao fetiche, que ganham potência diante da fogueira acesa, os neurônios se agitam, a respiração cada vez mais ofegante, a mente vagando à procura de sacanagem. Quis gemer alto, contar aos quatros ventos sobre o meu prazer particular, mas, como sempre, contive-me. Virei-me de costas e pressionei a boca úmida contra o travesseiro, isso me deu ainda mais prazer, uma das mãos foi agindo por trás, um dedo em ação se movia, na tentativa de atravessar a fundura quente e úmida, o outro explorava o clítoris.

Recitei incontáveis vezes: *o quarto é inviolável, o quarto é individual, é um mundo, quarto catedral*; inviolável, individual, meu mundo, minha catedral, a voz e o ritmo do corpo aumentando,

[Não demoraria e a "convulsão" viria, esses são os espasmos autênticos — uma onda intensa e soberba. Bem miúda, coloquei uma boneca no meio das pernas e descobri novas sensações. Quando já segurava sozinha a mamadeira, brincava de apertar e soltar a bundinha, o suor brotava na testa. Não compreendi quando levei umas chineladas... *coisa feia, humrum, criança não faz coisa feia*. Suar daquele jeito era pecaminoso, e se transgredia a lei, o castigo vinha a seguir. Eu era muito pirracenta, uma vez, chorei e esperneei durante horas após o beliscão que levei, fiquei muito nervosa, não souberam o que desencadeou a primeira crise epiléptica. Suspeitaram que eu estava morrendo, demorou uns bons minutos para o meu organismo voltar ao normal. Desde então, acreditam que os tremeliques e os suores são os pródromos da convulsão. E eu fui absorvida]

o quarto é inviolável, o quarto é individual, é um mundo, quarto catedral... a eletricidade se espalhou, senti viva a planta dos pés, o rosto aceso, o tronco rígido, braços e pernas trêmulos, a língua pedindo a boca para abrir e gemer e gritar ou morder,

[o gozo é uma experiência do fim do prazer, com gê maiúsculo: uma ilha no mar Mediterrâneo]

aos poucos a tensão muscular foi afrouxando, a pulsação reduzindo o ritmo, senti uma sede intensa, tendo a moringa de barro ao meu alcance, engoli avidamente o líquido cristalino que escorreu pelo corpo ainda nu.

O ritmo normal da respiração retornou. O vento também retornou e se insinuava pela janela aberta, os galhos das árvores desenhavam sombras na parede, eu tentava desvendar as formas e seus fragmentos: um coelho com uma orelha maior do que a outra, um guarda-chuva de cabeça para baixo, um morcego em pleno voo, um girassol ao anoitecer, um besouro andarilho, o Minotauro. Dédalo traçava outro labirinto.

O vento ganhou força, viria uma tempestade.

[e não a da metafísica]

De manhã, passarei a manteiga no pão do Almeidinha como fiz a vida inteira, enquanto ele boceja e se espreguiça repetidas vezes, prepararei a sua xícara de café com espuma do leite e canela como ele gosta. Banana picadinha com mel para mim. O Gusmão comerá a sua fatia de mamão. A mais velha arrastará com dificuldade o corpo pesado, amparando-se nas paredes para descer os três degraus em direção à cozinha, o Getúlio a seguirá com seu jeito manhoso. A Naira estará pronta para a natação matinal, devorará o pão fresquinho ou a fatia de broa, comentando sobre a sua agenda. Basílio manuseará as teclas do celular entre um gole e outro do café preto. Socorrinha correrá pralá-pracá batendo os chinelos nas solas dos pés, lenço colorido com lindas estampas nos cabelos para esconder a sua falta de tempo em ajeitar os fios crespos.

Hoje é quinta-feira e de segunda até aqui só furei cintos e troquei fechos de bolsas; para completar a triste sorte, uma freguesa mal educada e sovina recusou-se a pagar o valor que estipulei para o reparo da alça de sua bolsa, alegou que era quase o mesmo preço que havia pago pela peça nova arrematada numa liquidação. Está difícil continuar, estou constantemente adiando o fim iminente.

Ouço, vindo de outro tempo, o ruído da máquina de costura, o radinho à pilha sintonizado num programa de músicas românticas, a gritaria da criançada brincando de rouba-bandeira ou de pique-esconde, os transeuntes arrastando os chinelos. O tio José Manuel com os óculos na ponta do nariz orientando o filho na técnica para cortar as peças com precisão e economia de material e o chão semeado de retalhos.

Pouquíssimas pessoas sentirão a morte do ateliê. O que farei depois? Não sei fazer nada além de conviver com sapatos. Por milagre o seu Anselmo, semana passada, trouxe-me três pares para consertar e renovar, *a senhora capricha, por favor, vou viajar em março para ver meus netos no Rio*. Ele não compra nenhum calçado sem me consultar, é da moda antiga, não se importa com etiquetas e grifes, gosta de durabilidade, conforto, qualidade e valoriza a produção artesanal. *A senhora há de concordar comigo, nada adianta pagar barato num sapato de vida relâmpago ou que derrapa e machuca os pés. Outro dia a dona Fia caiu nas pedras do Calçadão, disse para ela vir aqui colocar uma sola antiderrapante, vamos ver se aparece!*

O pai da Solange foi alfaiate a vida toda e morreu triste porque sua profissão declinava. Criou a família com dignidade, entre tesouras e alfinetes. Hoje em dia, a maioria dos ternos não têm mais o corte individual, não respeitam as silhuetas e as medidas, mesmo formato e número para diferentes manequins. Produção em série. A Solange veio me ver, estava de férias, mora em Lisboa, se deu bem por lá, mas sente muita falta da família, dos amigos, do país. Ainda ri das travessuras que fazíamos, fomos colegas de classe por longa data. A mãe dela está bem, os filhos tiveram boa escola, todos com diploma, em bons empregos, graças à alfaiataria.

Outros ofícios se tornaram obsoletos com o avanço da tecnologia e não encontraram espaço na economia moderna, como o chapeleiro; operador de telex; tipógrafos; telegrafistas; perfurador de cartão; telefonista; datilógrafo — todo mundo concluía o curso para incluir no currículo, e os certificados emoldurados eram afixados nas paredes. O meu mora no sótão, está desbotado e servindo de privada para os insetos. Algumas atividades sofreram adaptações ou agonizam, como a ourivesaria, arte que surgiu antes do nascimento de Cristo; as costureiras autônomas entram e saem da moda, mas a verdade é que se parecem com os sapateiros, não têm mais espaço para a criação e ficam por conta de reformar ou vão trabalhar nas confecções. Da fabricação para a reforma. Fico pensando por onde andam os sobreviventes, tais como os amoladores de facas, em Caiapó vive o seu Isaías, ele roda isso tudo com sua bicicleta-oficina, marca a sua presença tocando a flauta de pã, poucas pessoas reconhecem a tradicional melodia (bem diferente da musiquinha irritante da empresa de gás), ele amola foice, facão, enxada, alicate de unha, canivete, tesoura, atende a restaurantes, manicures, produtores rurais, barbeiros, açougueiros, donas de casa, leva a vida nesse ofício nostálgico, segue a luta contra o rejeito e o desperdício. Vem sempre aqui tomar café comigo, é sábio e bom de papo, vive repetindo as palavras do seu companheiro Mainella: *sinto muito que um dia vou ter de deixar esse ofício, mas, como todo mundo, cedo ou tarde, todos nós temos que deixar tudo*. Francisco Goya, o pintor espanhol, retratou o trabalho de homens comuns, "O amolador" é um belo quadro do século XIX. Li num artigo que em menos de vinte anos mais de 70% das profissões que serão procuradas ainda não existem. Será?

    Encantei-me com o ateliê de sapatos desde pequenina, há coisas que a gente não sabe explicar. Adorava ouvir as histórias que o tio Manuel contava, ainda me lembro dos irmãos Crispim e Crispiniano, cada hora o tio aumentava ou modificava um ponto na narrativa. O sapato cheio de ouro que fora deixado na casa de uma viúva; a perseguição; a morte que se modificava, ora jogados no rio amarrados a uma pedra, ora a salvação clandestina, ora decapitados. Os santos sapateiros são lembrados todo dia 25 de outubro. Mantenho o quadro na parede com a oração dos padroeiros.

Oh! Deus, que com tão grande bondade inspirastes a vossos fiéis servos Crispim e Crispiniano a renúncia dos bens terrenos e o amor às delícias espirituais; o horror às mundanas vaidades e os encantos da eterna bem-aventurança, o desprezo das galas transitórias e o gosto dos trabalhos humildes; Concedei-nos, pela intercessão destes ilustres Mártires, a graça da verdadeira sabedoria, desprezando tudo o que é efêmero e caduco para amarmos somente o que é salutar e eterno. E vós, Crispim e Crispiniano, que tão heroicamente empenhastes as vossas vidas para atear na Terra o amor de Jesus, intercedam por nós, para que seguindo o vosso exemplo possamos honrar sempre o nome cristão. Por Jesus Cristo Senhor Nosso. Assim seja.

A oração do momento seria: salve a Black Friday e seus requintados oráculos! Haja dólar.

Bom, naquela época, as crianças pobres eram colocadas cedo para aprender uma profissão, o pai do Aristides fez isso. O garoto saía da escola e seguia para o ateliê depois do almoço, vez em quando levava um puxão de orelha do meu tio, porque era respondão e distraído. Os aprendizes eram chamados de Gabiru. Havia dois ajudantes de uns quinze anos, era uma profissão totalmente masculina. Papai não queria que eu frequentasse o ateliê, mas eu combatia com a birra, sabendo que ele temia que a crise de epilepsia se repetisse como da primeira vez, mas o meu desejo era maior do que qualquer proibição.

O tio ficou receoso, no início permitia apenas que eu entregasse as encomendas e me ensinava a identificar as matérias-primas: couro, madeira, borracha, plástico, camurça, juta e por aí vai. Quando ele não estava, os meninos deixavam-me passar sebo ou pomada nas peças. Chegava lambuzada em casa e levava bronca. Iria ser sapateira de qualquer maneira. Foi difícil convencer a nossa família que apesar de ter estudo e uma condição econômica razoável, havia feito a minha opção contrária à visão social. Danem-se as etiquetas.

Não sei o porquê, mas esse ofício me deslumbrou desde pequenina. Mesmo no período da minha formação na Faculdade de Letras, continuei a trabalhar com o tio e é claro nunca pensei em fazer outra coisa. Era calada e atenta, por isso aprendi rápido onde ficava cada ferramenta, os objetos de bancada e os de chão, aprendi a dar os pontos de linha no couro, manuseei pincéis como os artistas plásticos e martelos como os carpinteiros.

Bom era ouvir o tio conversando com os fregueses, contava de um certo parente português que ficou famoso como sapateiro por causa da poesia, um revolucionário que foi homenageado com uma estátua em sua cidade natal. O tio veio para o Brasil e começou como sapateiro de beira de rua, igual aos que ficam por aí em dia de chuva esperando para consertarem sombrinhas e guarda-chuvas. A vida foi melhorando e ele conseguiu se estabelecer, apesar de ter sido o mais pobre de seus irmãos. Sustentou família com o ofício, não foi fácil, mas persistiu. Trabalhou para os militares, época em que andou pelos presídios e porões repondo sola de sapatos, dando novas mãos de tinta em botinas e coturnos, remendando rasgos; desistiu cedo, não aguentou mais levar para casa os gritos dos prisioneiros durante as torturas, nem as reiteradas ameaças sofridas, caso "abrisse o bico".

Sapatos sob medida, cada pé com o formato respeitado, gordo, alto, ossudo, toda individualidade considerada. Tenho aqui as fôrmas para cada tamanho ou numeração, até pouco tempo fazíamos sandálias e chinelos sob encomenda, mas apenas alguns idosos ainda encomendam essas peças, gostam porque coloco antiderrapante no solado. O tio odiou quando o tênis tomou conta da moda, *agora, só sirvo para vender cadarços ou palmilhas.*

Quando os empresários apostaram na produção de calçados, os operários da linha de produção dos arremates eram obrigados a colocarem as tachinhas na ponta da língua para o serviço render. Agilidade: exigiam os empresários. Foi a solução encontrada por causa do tamanho e da espessura. Um camarada que passou pelo nosso ateliê, confirmou, *seu Manuel, trabalhei numa dessas em Franca, sei bem do que o senhor está falando. Era gente engolindo tachinha, adoecendo por causa do estresse, do metal, uma vida insalubre, o sindicato se empenhou através de muitas negociações, depois da desgraça de muitos operários.* Quando chegaram os sapatos feitos na China, o tio entregou os pontos, adoeceu de vez, o pulmão carcomido pelo fumo não aguentou mais. Fiquei ao lado do mestre até à sua morte, prometi a mim que resistiria.

Os sapateiros são guardiões da memória, estamos no ofício há milhares de anos, mas quem quer nos ouvir? Ou nos salvar? O tio pegou gosto pela minha dedicação e zelo, viramos sócios, o papai investiu um pequeno capital para formarmos sociedade, mesmo com o negócio em declínio. Fico imaginando quando tudo começou, o tio com o sotaque português, trazendo o seu país na ponta da língua, enquanto ia nos ensinando o seu ofício. O chão daqui cheio de retalhos de couro, a máquina de coser fazendo o serviço, enquanto o velho acionava o pedal, as lembranças fluíam, e a imensa saudade de seu povo trazia o Alentejo da sua infância. Évora, a sua cidade natal foi habitada pelos celtas, visigodos, romanos, mulçumanos, e ele não se cansava de contar os hábitos, monumentos, de falar sobre os amigos, os vizinhos e os parentes: Sentia uma imensa saudade de sua gente, terra de pessoas extraordinárias que o grande oceano separa.

Não gosto quando nos chamam de "as solteironas", não compreendo a crença de que todas as mulheres precisariam para serem felizes, de casamento, filho, marido. Medeia, Lilith, as bruxas, as feiticeiras, as loucas, as histéricas, chocam o imaginário coletivo, perturbam a figura ovacionada da Virgem Maria, o arquétipo da mãe, a mulher santificada. A cidade nos apunhala pelas costas: *sei não, é frígida, sei não, mas mulher que rejeita homem não deve gostar da coisa, sei não, sem marido ou um homem para chamar de seu... deve ser rabo de foguete. Somente uma delas se casou. Ali ninguém bate bem.*

Vagina vibrante, seios rutilantes, ventre e coxas iminentes, um vampiro que suga os fluidos vitais... o demônio de sangue e saliva.

Como ousar? Olhares ferinos afetam-me mais do que eu gostaria. Certo dia, assisti a um filme do qual nunca mais me esqueci: contava a história de uma mulher, Irina Palm, que mais velha, começou a trabalhar masturbando homens, nunca viam de quem eram as mãos, ela ficava dentro de uma sala e havia um buraco para o encaixe do pênis. Queria fazer algo como Irina, não por causa do prazer que proporcionava, mas para me deparar com algo revolucionário, para escandalizar os fofoqueiros de plantão, para escandalizar a mim. Somos bombardeados por olhares inflexíveis, às vezes nos calam, na maioria das vezes nos ferem.

Porém, domestico a minha ambição pelo escândalo (as mulheres daqui estão com a mania de mostrar o rabo para as câmeras dos celulares, viram de frente e de trás com poses e gestos que imaginam sexuais e divulgam em seguida pelo *whatsapp* e *youtube*. Seria isso escândalo? Ou subserviência ao que foi colocado como norma de um dos papéis da fêmea?). Imagino uma ação de maior impacto que golpeie com ferro quente (a quem? Não sei dizer).

O escândalo, talvez, eu o tenha vislumbrado parcialmente no dia em que a toalha do Almeidinha caiu, uma cena que poderia ter sido esquecida, resistiu ao recalque. O incesto não seria um escândalo perfeito? Ah, tudo que consegui dentro da repressão que absorvi foi chocar a mim própria, e em silêncio.

Não consegui decifrar o enigma, mas não quero apaziguar ou sublimar. Ainda que eu possa ser impiedosa comigo, quero ultrapassar a fronteira. Sem subterfúgios, por favor — digo a mim mesma. Porém, isso é maior do que o que posso suportar. Sinto-me sufocada e com dificuldades de respirar. Trapaceei o tempo todo, é assim que sei ser forte. Às vezes, sinto inveja da Excomungada, seguiu seu desejo, diferente da mamãe, arriscou-se. Inveja e vergonha, vergonha porque faço parte daquilo que abomino.

As perguntas retornam: *por que devo deitar-me embaixo de ti? Por que abrir-me sob o seu corpo?* Já disse: soube esquivar-me. Esquivei-me o quanto pude, mas o dique não suporta mais a pressão e necessita do mínimo escoamento. Estou exausta da sensatez. As lembranças retornam e narro o que submerge para tentar dar sentido àquilo que não se dispõe aos sentidos, o que é regido por outra ordem. É como dar murros no vácuo.

O Nelinho e eu tínhamos seis anos, íamos para nosso esconderijo ultrassecreto, tirávamos as roupas, explorávamos o corpo um do outro e todos os orifícios. Nasceu de uma brincadeira o primeiro encontro com o outro sexo. Sabíamos da proibição e desobedecíamos às regras numa arrojada cumplicidade. Foi a melhor experiência a dois que tive: divertíamos, ríamos, matávamos inimigos com armas invisíveis e nos protegíamos com nosso corpo, éramos felizes juntos. Depois ele se mudou com a família para o Mato Grosso, o pai passou no concurso da Previdência. Ainda me lembro dele, tenho fé nos amores raros e fugazes.

Era a minha primeira vez e o homem afoito e desastrado, cheio de promessas para me adular, (mas não era isso que eu buscava, era a magia, o encontro — nunca se entende o óbvio). De pé com os joelhos semiflexionados, ajeitou-me, abrindo ainda mais as minhas pernas e me puxou um pouco mais para baixo da lataria do Opala (a sua majestosa plataforma para o sexo — depois fiquei sabendo que ele levou outras garotas e tudo rolou da mesmíssima forma), ele calculava a melhor dinâmica para o encaixe perfeito (para ele, é óbvio). Permaneci deitada no capô do carro da cintura para cima, as pernas pendentes, aproveitei para me distrair com aquele céu pipocado de estrelas. Coadjuvante. Tola. Escutei, atentamente, o coaxar dos sapos, pois estávamos próximos a um açude. Com o vestido da missa, sem a calcinha, me indignei: ele não quis investir nas preliminares. Tentava entrar dentro de mim e não se ajeitava, tentou passar cuspe, tentou sacudir o pau que não endurecia do jeito que ele gostaria. Nem sei como ele se virou sem mim (ansiava que fizesse o favor de romper o meu hímen, era vergonhoso ser virgem. Não queria, de forma alguma, ser outra Neida). Sem saber o que fazer diante da frustração e da passividade, admirava o espetáculo celestial, uma lua em forma de sobrancelha, quando uma dor fina veio das entranhas, *pare* — escutei a minha voz repetindo. Ele, com a respiração ofegante, decidiu ir adiante. Supliquei: *goze fora, por favor* (o coito aprendido de boca em boca nos corredores do colégio). Não senti o prometido, o tal prazer para além da dor, apenas a decepção me tomou de pronto, ou foi anterior ao ato? Ele finalizou manipulando o próprio membro, dizendo a frase ridícula: *senão o homem sente uma dor aguda*, enquanto emporcalhava a minha barriga. E me limpei como deu, estava com pressa de ir embora por causa da hora adiantada e para escrever em meu diário o grande acontecimento: não era mais uma virgenzinha da família Almeida-Rodrigues. Chorei, enquanto ele se escondia atrás de uma árvore para *tirar a água do joelho*. Deus, que imbecil! Pensava que pudesse ser um companheiro, na verdade era um péssimo parceiro com cérebro de ervilha. Nunca mais aceitei sair com ele, pouco tempo depois fiquei sabendo que se casou com a Roberta. Azar o dela.

Conheci o Hélio na festa de aniversário da Tonha, colega de faculdade. Começamos a namorar e ele sempre insistindo para me levar ao motel. Ainda frustrada com a primeira experiência, adiava. Além do medo de engravidar, afinal não me prevenia — nunca tinha ido sequer ao ginecologista. Um dia, estávamos numa festinha com a turma do centro acadêmico, bebemos um pouco mais e aquela leveza nos fez bem. Finalmente, topei. O motel mais próximo era de quinta categoria. Ele cheio de si, prometeu-me o paraíso. Estava decidida a não ser passiva como da primeira vez. Já conhecia mais o meu corpo, masturbava-me com frequência; mas quando ele percebeu que eu sabia o que queria, quando me excitei com o sexo oral que comecei a fazer nele, o imbecil se desesperou e começou a me chamar de puta, disso-e-daquilo. *Onde você aprendeu essas coisas? Fazendo tipinho de santa, me enganando esse tempo todo. Putinha.* Depois pediu desculpas, *assustei-me, foi isso, fui um bobo mesmo. Vamos recomeçar? Estava bom?* Não, nada estava bem ou bom.

A outra experiência foi com um carioca que veio prestar serviço na fábrica de papelão, queria tentar uma transa com um quase-desconhecido. Quis desistir na hora, mas ele me travou os movimentos, segurando os meus braços e dizendo tolices. Sugou o meu corpo mesmo quando expus as minhas incertezas, *não vou fazer nada que você não queira* (eles não são nada originais!). Olhava-me inteira com olhos inflamados de cobiça, engolia os meus seios com a boca dura, de um jeito que incomodava e não estimulava o prazer. Quando achou que era hora — pensava que deveria decidir sozinho (mais um tolo, outro imbecil) — enfiou dentro de mim, sem cuidado, aquele troço embrulhado numa camisinha. Não senti nenhum deleite, apenas desconforto, nem tentei fingir, pois o filho-do-puto não estava nem aí para mim. Ele era bruto e eu torcendo para ele gozar logo, novamente, queria ir embora. Queria alguém para a igualdade, nunca encontrei. Saí dessa história me debatendo com a culpa: *há algo de errado comigo? O que fiz para atrair esse destino?* E de certa forma, menosprezando os homens. Dizem que quem não amou, não se conhece, pois a experiência da paixão revela quem somos.

Apeguei-me ao fetiche: o pênis do irmão, desencaixado do corpo. Não, nunca desejei fazer sexo com ele — não o acho atraente. Foi um recorte do corpo masculino que capturei para iniciar as minhas explorações solitárias.

Com os sapatos amontoados aguardando clientes improváveis, fiquei à mercê de um outro mundo, corri de uma recordação a outra, de uma alucinação a outra, e aquela estranha sensação que me pega de quando em quando, retornou: o tédio. *Negro cancro que nunca cicatriza.* Sentimento estranho e persistente, uma angústia de não ter o que fazer e de não ver sentido em fazer, vontade daquilo que não conheço, de algo inovador que talvez não exista; tal qual Hamlet, não sei como agir. Vontade de que o dia acabe logo, que as horas se sobreponham às horas e que algo de extraordinário se mostre. Não há novidade, e se tem não a reconheço. O tédio e a sua estúpida engrenagem para o prolongamento das horas é o destino que nos coube, a mim e à cidade. Heine tem razão, *o tédio é uma sombra / uma fatal loucura / É a noite indefinida do humano coração / Faz esquecer a sorte / faz esquecer o eu / e faz lembrar a morte.* O tempo passa um pouco e a vida parece voltar ao eixo, continuo aguardando que algo germine. Será o desejo de ser outra pessoa? Não me surpreendo como gostaria. Uma vida feita com a mesma face, o mesmo corpo-vida-minha e os conceitos que decorei na cartilha coletiva são pernas que me levam em direção ao nada. As pessoas que moram em Tóquio, São Paulo, Nova York ou Teerã também sentem tédio, mas estou condenada a ouvir as moscas voando, o pingo da torneira, o raspar da unha. O licor de jabuticaba desce aliviando o amargo da boca. Tranco a porta do ateliê e saio para uma caminhada, sigo pelas ruas mais vazias, o bom de morar aqui é ter a natureza por perto e fazer parte dela. A velha mangueira da estrada de Santa Cruz me acolhe, ouço o barulho das águas do Pirapetinga e retorno aos poucos para o mundo ao redor. Aproveitando o resto de luz do sol que se prepara para esconder atrás dos morros, observo um tropel de formigas carregando folhas das árvores, uma delas se desloca do tráfego na tentativa de recuperar a carga que se soltou de seu corpo, tenta reacomodar o peso sobre sua cabeça, mas a folha cai ainda mais distante. Tento interferir, pego um pequeno graveto no chão e trago o minúsculo verde para mais perto das garras do inseto, entretanto me atrapalho e acabo pisoteando um pequeno grupo; contudo, não me sensibilizo com o trágico fim daqueles minúsculos seres. Por fim, a formiga retoma outro lugar na fila carregando o seu triunfo, isso sim me comove: o esforço do trabalhador. Soube que o peso estimado de todas as formigas que habitam o planeta supera o peso da humanidade. São da época dos dinossauros. Em oposição ao mundo mínimo, olho para a imensidão do céu; é fim de tarde e nuvens anunciam possibilidade de chuva. Anseio pela tempestade.

Uma vez vi uma reportagem sobre as formigas suicidas, quando perdem o caminho (o destino traçado?) e se veem sem a possibilidade de encontrá-lo, andam em círculos até esgotarem as forças. Ando ao redor de mim e nada acontece. Não encontro a resposta: quero a plena vida ou a morte de todas as coisas? Forte a angústia no peito, tento respirar devagar, não sei bem o que me toma, tenho uma vaga ideia de desconexão. Bingo! Talvez, seja isso: a sensação de perda do que me mantinha conectada à produção. A capacidade de amar e trabalhar são a receita freudiana para a saúde mental. Só de supor o motivo do meu incômodo, já me pego elaborando estratégias para combatê-lo. Não conseguirei mais adiar, terminam aqui as minhas atividades como sapateira.

Vejo uma flor resistindo no meio do mato, freio o impulso de arrancá-la para salvá-la da solidão. O vazio de dentro se mostra impreenchível, ele é o que é e não aceita ofertas lógicas: como um copo de água quando se tem sede. A vida inteira me senti inabilitada para a felicidade. Nem tudo é caos, há momentos de alegria, mas há um mal-estar anterior a quase tudo. Uma ausência, até hoje não sei bem de quem ou do quê.

Caminho em direção à ponte, cuja as águas dividem dois Estados, lá chegando me imaginei na linha do Equador, abro as pernas e os braços tentando entender os movimentos do Homem Vitruviano de Leonardo da Vinci ou será que tentava ocupar as duas margens ao mesmo tempo? Não pertenço aos dois territórios, tampouco posso me dividir ou escolher apenas um, funda--se um novo espaço sem par ordenado, no qual eu não fui batizada, mas que estava ali desde o princípio. A Terra dividida é o que vejo para além dos desenhos dos mapas. Li por alto a manchete estampada nas páginas de uma revista: "Os ingleses dividiram o mundo árabe"; elas, as páginas envelhecidas, abrigam o sapato, cujo dono nunca voltará para buscá-lo, pois faleceu anteontem.

Lembrei-me do professor Paulo, que depois de anos na magistratura pediu demissão do Estado e seguiu carreira na Marinha. Ele nos ensinava sobre latitude e longitude, *por mais que a gente tenha convicção que não sai do lugar, eu lhes garanto que a Terra continua a girar, ou seja, está comprovado cientificamente: nunca estamos no mesmo ponto.* Mesmo sabendo imperceptível, fechei os olhos e tentei sentir o movimento do planeta, entreguei-me à experiência lúdica, *stop, o tempo parou ou foi o automóvel?*

Acompanho o trajeto de uma latinha de Coca-Cola sendo levada pelas águas do rio, fiquei um tempão olhando a correnteza, os pés de taioba e as bananeiras nas margens disputando espaço com o lixo e com o mato. Tive piedade pelo rio fatigado e senti saudades de um outro que não existe mais. Gostaria de me aninhar na terceira margem do rio da literatura, rio-abaixo, rio afora, rio adentro, morada transcendente, nosso pai nada dizia, Deus permanece inerte e o rio-rio-rio, o rio sempre se fazendo perpétuo. As águas do Pirapetinga já engoliram gente, já serviram de parque de diversão para várias gerações de crianças, já abrigaram várias espécies de peixes. Salto de Guimarães para Borges (Heráclito, Elogio das Sombras).

(...) Que trama é esta
do será, do é e do foi?
Que rio é este
por onde corre o Ganges?
Que rio é este cuja fonte é inconcebível?
Que rio é este
que arrasta mitologias e espadas?
É inútil que durma.
Corre no sonho, no deserto, num porão.
O rio me arrebata e sou o rio.(...)

Observo as pessoas e ainda mais atentamente o homem que pesca debaixo de uma sombra na cabeceira da ponte, no rosto uma penca de rugas, vez ou outra acende o cigarro de palha e troca uma prosa rápida com quem passa. Reconheço-o, ele mora do lado fluminense, no final da rua onde ficava a venda do Cita, trabalhava na pedreira, principal fonte de renda de parte da população. Envelheceu mais que o tempo. Carregar-pedra não é uma metáfora. Ele espera um sinal de vida no rio poluído, eu me aproximo e ele compartilha comigo um pouco da sua trajetória: *A menina não conhece o áspero da vida como as minhas mãos conheceram, olhe, olhe atentamente, vê? Elas se transformaram, não é de homem, mas de trabalhador de pedreira. Antes, bem antes (trabalhei desde moleque), longe daqui já carregava pedras nos ombros, a vida era só isso, no mais, só sobrava o cansaço; as famílias com as quais convivi sobreviviam disso também, se chegavam estranhos a gente corria para o mato, como era a ordem do patrão. Carteira assinada? Isso, a menina me desculpe, conheci bem mais tarde. Aprendi outras funções, não queria ficar com os pulmões condenados, morrer soterrado ou ficar aleijado como os conhecidos que por lá deixei; vida de carregar pedra não é vida, menina — creia nisso. Foi tudo o que fiz. Vaguei pelos cantos do país até chegar aqui e me estabelecer, um dia a gente quer pouso, criar os filhos e amansar o destino repetitivo. Nunca fiz outra coisa, sem estudos, sem apoio, somente eu e Deus; aqui aprendi a manusear a pólvora, era perigoso, mas bonito de ver... aquela explosão, a poeira cobrindo tudo, estilhaços pipocando no ar, e a gente protegendo o corpo como dava, e nem sempre dava. Estas mãos grossas conhecem bem o martelo, há que ter força e precisão, não dá pra sonhar, senão esmaga os dedos, como aconteceu com um chegado meu; fui me especializando e me preparando para as explosões, o ponteiro e o pixote fazendo o serviço, o furo na profundidade certa, senão, babau! Nas mãos do Fabrício quero a caneta, como dizem: é mais leve do que a marreta ou o martelo. As contradições estão postas, depois de tantas quedas, desenvolvi aversão à altura e pouco fôlego para as distâncias, mas não havia como sondar os meus medos e persisti por anos com o sofrimento estranho e sufocante. O doutor Jaiminho me disse que essa paúra tem nome: acrofobia — pavor de lugares altos. Aposentei por invalidez, não sou tão velho quanto aparento. Hoje em dia, estou melhor. E a senhorita fechará mesmo a Sapataria? É assim, vejo a menina com esses olhos tristes e fico pensando que deve ser um sentimento até bonito, porque feiura de verdade a vida não dá pra todos, certamente pra muitos. Compreende? Fico horas esperando a linha dar um repuxo, um sinal de vida, sei que não devemos comer esses peixes com gosto de barro choco e óleo. Se a menina me entende, mereço, ficar aqui horas pensando o que eu puder e quiser, olhando para além desse rio talhado à faca.*

Retorno ao ateliê com as palavras do seu Osvaldo ainda reverberando em mim, abro a porta e o cheiro tão familiar de graxa e cola me causa ânsia de vômito. Tranco imediatamente a porta, como fiz tantas e tantas vezes, mas sei que desta vez será definitivo. Resistir como resisti ao tempo de coisas breves não foi fácil. Que comprem os sapatos descartáveis! Daqui para a frente, farei a resistência maior, serei como o pescador. Também mereço ficar horas pensando ou contemplando as coisas. Aposento-me neste instante.

Fechei de vez o ateliê, sinto um pesar imenso, mas quase não tinha mais o que fazer lá, ficava lendo livros, revistas e jornais velhos, conversando com um e com outro. Por ali passaram com maior frequência aqueles que nunca aprenderam a rabiscar o nome, os que leem com dificuldade, eles inventam lindamente as suas gramáticas, são mestres no neologismo e na musicalidade da fala. Sinto uma saudade da convivência diária com o pessoal.

O pequeno espaço ganhou uma tabuleta: Encerrado. Fui eu quem a colocou, demorei para me decidir se a posicionava no meio da porta ou mais acima. O que mais me doeu foi não ter ouvido de ninguém, *desde ontem a cidade mudou*, como podem as pessoas não notarem o desaparecimento de um estabelecimento que lhes serviu por décadas. Não percebem que é um marco em suas próprias vidas?

Estou farta das urgências, da ganância, do descarte! É a pedra, é o exílio, a acomodação, é o disse-me-disse, é a faca no pescoço, o chute no cachorro morto, o olhar viciado, a pressão no peito, a depressão, o desânimo, medalhas inúteis, patifarias. Êaaa, mais objetivos e metas! Bom, o recado está dado, fiz o que pude.

Ah, memória, inimiga mortal do meu repouso!

Vi um menino brincando com um pião; o pai, tentando recuperar para si, através da criança, algum momento de sua infância, agacha-se na calçada e impulsiona agilmente a linha do objeto e ele corre veloz num giro alucinado. O menino admira o pai: o sábio, o gigante... sinto pela sua expressão de orgulho e entendo que precisamos dessa ficção, eu construí as minhas. Não se investem mais em piões. Mais uma vez, recorro à reflexão: o que é a vida, senão o giro em torno de nós mesmos? Somos como os astros girando na órbita ao redor do Sol ou como o cachorro correndo atrás do rabo?

Pai e filho se foram, e eu ainda me detenho a imaginar uma variedade incrível de brinquedo, tão comum e simples. Eu e a Naira gostávamos de jogar peteca, feita de folha de bananeira seca decorada com penas das aves, quando conseguíamos as de pavão ela ganhava ainda mais beleza. Mamãe nos presenteava com as mais bonitas, ela sabia confeccionar também nossas bonecas de pano. Recordo-me da Gina, a minha bonequinha preferida.

[Isso aconteceu de fato ou eu inventei? O passado se alimenta de simulacros].

Ansiávamos pela chegada do parque de diversão. Eu era fascinada pela roda gigante, quando ela parava no ponto mais alto, era bom ver tudo pequenino, eu me sentia enorme. A mamãe ia com a gente, mas tinha paúra de emoções radicais, ela gostava mais quando aparecia algum circo por aqui, ia repetidas vezes ver a transformação da mulher-gorila e eu não saía do trem fantasma.

Foi difícil para todos nós ficarmos sem a mamãe, a saudade da mulher, com quem pouco convivi, transformou-se num mito. Quando tento recordar qualquer traço, ou acontecimentos marcantes, ou o timbre de sua voz, não consigo, alcanço apenas o opaco das coisas. A fala repetida das minhas irmãs sobre acontecimentos é que ganha forma e consistência na memória. Gostaria de rememorar o seu jeito de falar, de mastigar, de assoar o nariz por causa da antiga alergia à poeira, qualquer coisa para trazê-la íntegra ao pensamento, nem que seja por segundos. Do papai consigo recuperar sozinha algumas vivências, ainda que descoradas e estáticas. Tento dar corda à lembrança como fazemos com a bailarina na caixinha de música, mas sei que é impossível. Quem sabe recorrer ao divertido e contemporâneo GIF para animar a única fotografia que temos dela? Resta a repetição, dizer o que considero ter existido, refazer o percurso inúmeras vezes, preencher os rasgos com os detalhes que invento sem que a censura os dissolva. Os fragmentos são as pistas que podem me levar ao *insight*: o velocípede percorrendo o corredor da infância, o suor escorrendo da testa nas noites quentes, a mala pronta — há sempre alguém partindo, a mão já alcançando o fruto no galho mais alto, o vestido sujo de sangue, o som do riacho e da banda no coreto, o cheiro da jaca, do curral, do galinheiro, do chiqueiro, os canteiros com as flores do seu Zé, os ruídos dos carros, a primeira comunhão, a primeira vez; isso tudo e muito mais são partículas que resistem.

"De que modo existem aqueles dois tempos — o passado e o futuro —, se o passado não existe e o futuro ainda não veio? Quanto ao presente, se fosse sempre presente, e não passasse para o pretérito, já não seria tempo, mas eternidade" — retirei dos textos de Santo Agostinho em seu livro "Confissões".

A mente é volátil, pula de um tema para outro, de uma alegria à dor, do que é importante ao indiferente, faz ligações à revelia. O que mais me incomoda é não ter vivido todos os aniversários.

Eduardo foi entrando e explorando a casa, a Socorrinha como uma boa anfitriã colocou, imediatamente, a água para passar o café fresco. Não tive outro jeito a não ser convidá-la para entrar, estava tímida a Excomungada. Vi o tempo no rosto dela, somente os olhos de jabuticaba pareciam os mesmos de antes. Percebi que não tinha mais ânimo para xingamentos inúteis, afinal esse imbróglio todo nunca me pertenceu, pensando bem eu só repetia a fala dos outros; afinal que tenho eu contra a mulher? Gostei de pensar assim tão claramente e dei-lhe um sorriso espontâneo e ela o recebeu como o alívio para o constrangimento inicial. Nos beijamos na face três vezes, como é nosso costume. Ela falou um pouco da saudade e da vontade do menino em conhecer o irmão. Gostaria que alguém prevenisse o Basílio, mas receio que algum bisbilhoteiro tenha corrido para lhe contar que a mãe ronda a sua casa.

Dudu se encantou com o Getúlio, dividiu o pão molhado no leite com ele, e não é que o bichinho comeu tudo; aproveitamos o momento para alimentar o gato, que vinha há dias numa greve de fome, recusava-se a comer.

Parecia que ela queria olhar os detalhes da casa, comparar o antes e o agora, mas ficou sem jeito, era nítido que não se sentia à vontade. *Novidades?* — perguntou para a Socorrinha. Que lhe contou a crônica resumida da cidade, notamos, então, que quase nada havia mudado. Contou-lhe da sua separação, *não dava mais*, e repetiu a frase de sempre, *ô, Madalena, não tenho paciência nem com cachaceiro, nem com homem sem dente*. A Madalena riu, finalmente. Sem saber bem por qual assunto seguir, ajudei a Socorrinha a encher a mesa de quitutes para a merenda: biscoito de chuva, broa, goiabada cascão com queijo fresco, leite gordo, coalhada, pão, manteiga fresca.

Ela ficou sentida com a notícia sobre a morte da Neida, ficamos um tempo lamentando a sua ausência, e nisso íamos forçando a troca de assunto. Percebi que ela queria falar sobre o Basílio, mas dele não citou o nome. Eu não lhe disse, *volte sempre, faz favor, a casa está aberta para os amigos*. Depois que ela se foi, a Socorrinha me disse: *Nena, você concorda que a Madalena estava menos... como vou dizer, sei lá, exuberante, talvez? Incomodando menos. Eu com medo de, sem querer, em vez de Madalena, chamar a pobre de Excomungada, até estranhei quando o nome de batismo dela saiu da minha boca, anos sendo xingada pelo apelido que nunca soubemos quem deu. O afeto liberto me sacodiu de ponta à cabeça. Ando assim, ultimamente, sensível e disposta a compreender.*

Trinta e um anos se passaram, fácil fazer as contas, pois é igual à idade do Basílio. Senti como se ela reivindicasse o perdão de pronto, mas eu nem sei mais o que pensar. Tão deslocada da imagem que fiz dela, sempre a considerei estrondosa, audaciosa e egocêntrica. No fundo, sempre admirei a audácia da Excomungada, essa mulher que aposta na liberdade mesmo diante do caos. Não sei exatamente o que ela veio buscar. Estou preocupada com o Almeidinha, saiu transtornado. Tomara que volte logo e esteja seguro.

As primeiras largas gotas da chuva caem no chão árido e deixam no ar um cheiro bom de terra molhada; transeuntes apressam os passos, mas o sol não se retirou de todo, uma parte dele brilha à meia-cara. As chuvas de verão são um belo espetáculo, ainda mais quando um arco-íris surge no céu como o que vejo neste momento. Arco-celeste, uma ponte móvel em pleno horizonte, um tobogã de dupla via que esconde dois lagos mágicos, uma cobra multicolorida. Que traga riqueza e fartura para quem nada tem! Oxumarê!

    Já são dezoito e trinta, hora do desafio que me impus, quero capturar o momento exato em que o céu escurece, mas é tão aos poucos que me distraio. Entretanto, não desisto. Um dia, ainda surpreenderei o anoitecer. Deus se diluiu da mesmíssima forma, quando dei por mim, já estava livre. Amanhã acordar, passar manteiga no pão, mastigar o trigo que alguém plantou, almoçar, jantar, dormir, acordar. Repetir a mecânica da vida, contentar-me com as pequenas alegrias e ainda assim matar um leão por dia, eis a rinha entre o calvário de lutas e o tédio. Repetir as palavras. Chuva. Terra. Estilingue. Cova. Labirinto, infinito. Helena-Nena. *As palavras não são as coisas.*

A nossa casa deveria ser o porto seguro, mas depois que o papai arrendou parte do terreno, a nossa vida virou um inferno. Ver a Nádia sendo arrastada contra a sua vontade para o quartinho do Porfírio é o trauma que carrego. O desgraçado, quando percebeu a minha presença, ameaçou-nos de todas as formas. Depois disso, ela se abriu comigo, contou que ele a assediava há algum tempo com adulações e presentinhos, vendo que não conseguia seduzi-la passou a usar de violência. Ela ameaçou contar para o papai, mas nunca teve coragem. Percebi que a Nádia culpabilizava a mamãe, *se estivesse viva, ela não teria deixado o papai trazer estranhos para conviver diariamente conosco.* A mana tornou-se amarga e custou a tocar a vida. Não o denunciamos, mas a partir desse dia ele não tocou mais nela. Pouco tempo depois, ele se matou. Sim, comemoramos a sua morte. *Foi tarde*, disse a Nádia, limpando com raiva as lágrimas. Nunca mais nos recuperamos. Ela tentava me convencer que a única saída era irmos embora dali e repetia sempre: *um dia vamos fugir daqui.* Fui a única a ir ao velório para vê-lo inerte no caixão e fiz questão de assistir a terra cobrindo o seu corpo.

Contei para o Almeidinha, sabia que não iria mudar nada, mas queria desabafar, pedi segredo fazendo o gesto de cruz sobre a boca. Ele estava com a bola nas mãos, ia jogar pelada com as crianças da rua, à medida que ia absorvendo o que eu dizia, as suas bochechas iam ficando vermelhas. *Um dia jogo óleo quente na cara dele* — foi o que me disse de pronto. Nós rimos só de imaginar a fuça dele ardendo de vermelha. Pedi a ele para nos proteger do homem mau, ele resmungou: *anhrã*. A gente se aliviava inventando vinganças, como a solda quente no cu, *golpearei quando o ferro estiver bem quente*, imitávamos o som da máquina e um gigante gritando para ele, *toma, toma, toma...* a gente ria de doer a barriga, mas quando ele apontava no portão, era só medo que sentíamos. Bom era imaginar alguém obrigando o desgraçado a comer a própria merda. Nem sei se o mano se lembra do nosso segredo de criança, mas o ditado certo é: Quem apanha, nunca esquece, Naira nunca esquecerá.

Acordei angustiada. Sonhei que entrava num banheiro, que se parecia com uma sala desabitada, estava menstruada e antes de me sentar na privada, meu útero escorregou para o chão do cômodo, parecia uma bolsa de sangue semelhante às que os hospitais utilizam para armazenar as doações. Uma imagem digna de uma pintura de Dali. O chão do ambiente me pareceu familiar, tentei recordar algum lugar similar, mas não me ocorreu nenhuma lembrança, nada intuí. Quando quis sair e abri a porta, percebi que o banheiro era uma extensão da via pública, a rua invadia o espaço com seus paralelepípedos. Pedia, aos prantos e gritos, às pessoas que chamassem a minha irmã. *Chamem a Neida, chamem a Neida...*, ninguém parecia me ouvir e ela não veio me salvar do perigo. Senti-me mutilada. Vi-me, novamente, no centro do banheiro, o vaso sanitário desapareceu. Era o mesmo cômodo e era outro. Caminhei lentamente em direção ao estranho objeto caído no chão e foi então que percebi que aquilo que pensava ser um útero era um bolo de roupas como as que enfrentam enxurradas, reconheci o vestido com o qual mamãe foi enterrada. Foi a Salustiana quem separou a roupa para vestir a mulher morta, *ela fica bem com este vestido, não fica, minha flor?* Despertei subitamente como o próximo boi a ser sacrificado no matadouro.

Almeidinha

*Por que vai um homem
a caminho de sua danação
com passo de suicida?*

SAMUEL RAWET

... pressenti a emboscada, quando uma corrente de ar frio golpeou a minha nuca, no momento em que eu atravessava a ponte que divide as cidades, segui para o destino rotineiro: a Petisqueira Azulão. Pedi uma coxinha e uma cerveja e antes de dar a primeira mordida, fui pegar o pote de molho de pimenta na outra ponta do balcão e dei uma corrida de olho no ambiente, me deparei com os conhecidos, *oi, joinha, oi, como vai, tudo bem?*; na mesa ao fundo, perto da sinuca, o estranho me encarava. Devia ser o dono do Mercedes 1938 estacionado na porta do estabelecimento. Certamente é caprichoso, o veículo estava brilhando, brilhando. Tenho uma fixação por caminhões e ônibus, embora não saiba guiar nem carro pequeno, ando na Julieta pra baixo e pra cima, pedalo para todo lado, vamos juntos até Valão Quente, Pedra Bonita, Recreio e outras bibocas da região. Já andei longe, mas a idade barra o ânimo, houve um tempo em que a gente ia num bate-e-volta até Cataguases. Olhei de novo para o sujeito que me afrontou com seu olhar maligno, palitando os dentes, à sua frente o prato com a carcaça do frango. O sangue esfriou num repente, sabia que queria me matar. Saí de fininho e não comi nada. Precisava me sentir salvo. Pedalei a toda velocidade sem rumo certo. Quando dei por mim, estava em frente à casa da Dona Olga, esperei ela se arrastar até à cozinha para trazer o jarro com água fresca. A garganta seca de tanto correr debaixo do solão. Quase quarenta graus, seria bom dar um mergulho no rio, mas cadê a coragem para me enfiar na água gosmenta. O jeito era papear na sombra do pé de jambo, vez por outra arredávamos a cabeça para dar passagem aos que caíam de maduro. Ela se ofereceu para fazer um suco de carambola, fui aos fundos da casa pegar uma penca no pé. *Coloca bastante açúcar, Dona Olga, é para adoçar a vida da gente* — sempre digo isso, pura física quântica.

Noite passada não consegui dormir, saí da cama em alta madrugada e me embrenhei na antiga funilaria procurando a alma penada que se enfiou no meu sonho e o transformou em pesadelo. O Getúlio despertou com o barulho da porta se abrindo, espreguiçou longamente e me acompanhou noite adentro. Ficou me olhando sem entender o que se passava. Miou contra o silêncio, tentando entender o que me acontecia. Por fim, deitou-se num canto, aguardando o momento em que eu voltasse para dentro da casa. E eu fiquei pensando na vida.

Ela sumiu no mundo, o pior foi enfrentar a vergonha que me desgraçou. Tive que andar de cabeça baixa, o povo rindo às minhas costas, cochichando: *chifrudo, chifrudo...* Me aconselharam a procurar por ela no facebook, dizem que todo mundo está lá, o negócio funciona como as listas telefônicas de antigamente, então pedi ao Basílio para fazer a busca da Excomungada no computador, ele disse que não a encontrou. Ando desconfiado, será que procurou? Se o papai fosse vivo seria pior: não ia aguentar tamanho vexame. Não posso ouvir a voz do Zezo (o príncipe dos teclados, o nordestino apaixonado) cantando as canções do Roberto Carlos, que me lembro dela. A Madá era pouso e repouso. Tenho que dar a volta por cima, desviar o falatório. A Neida não entendeu minhas intenções, quando comprei o veneno de matar rato, não era a morte que eu buscava, mas uma experiência, um treino. Muitas vezes me sinto um rato, um animalzinho peçonhento e asqueroso. Ecos brotam das casas que me espiam. Preciso de outro pretexto para ir ao Pronto Atendimento. Estou de olho na Miriam, ela é técnica de enfermagem e atende as emergências. Da próxima vez, engulo uma gilete.

Logo que adentrei no Azulão, ouvi o barulho do plantão extraordinário do Jornal Nacional: Papa Bento XVI renuncia. O cardeal Ratzinger não aguentou o tranco, entregou os pontos. O Nivaldo correu para saber a opinião do padre Solindo. Deu-se ali, entre pinga e conhaque, o debate inesperado. Tínhamos que elaborar opiniões sobre o momento histórico, desde o ano mil quatrocentos e pouco que o fato não se dava. Gregório e Bento, os únicos que abdicaram ao trono papal. Impotência e fraqueza diante dos sucessivos escândalos envolvendo a Igreja Católica? Foi aquele fuzuê para a gente entender como se dava o processo. Quando a fumaça saísse branca da chaminé, seria o sinal de que a votação deu certo e que houve o número necessário de votos.

Fiquei repetindo: dois terços, dois terços, dois terços..., igualzinho ao método que usava para fazer os mandados dos adultos quando eu era criança, senão quando chegava à venda não me lembrava mais daquilo que buscava; já na hora da prova eu ajeitava a decoreba no cérebro e não podia balançar o crânio que embaralhava toda a repetição sedimentada, nunca fui bom em fixar as coisas desinteressantes na mente. Voltando ao tal sinal, tem o nome de fumatas, aí ficou fácil, fiz a associação: fumo somado com mata, só que no plural. Daí em diante, foi crescendo a expectativa, será um brasileiro? O químico da galera, Gerson Wilker, nos informou, enquanto enrolava o bigodão fora de moda: a fumata preta é produzida por uma mistura de perclorato de potássio, antraceno e sulfeto, a branca com perclorato de potássio, lactose e uma resina natural. O assunto foi mornando até o dia em que a nuvem branca anunciou o novo papa: Francisco. Aí entrou futebol no meio, rivalidade e piadas, porque ele é argentino — irmão que a gente aprendeu a catimbar, mas Deus era brasileiro, ainda estávamos em vantagem. Depois de uns meses, veio um novo alvoroço: receberíamos um médico de Cuba, do programa Mais Médicos. O medo das pessoas de não entenderem a língua do estrangeiro, uma falação sobre Fidel e seu irmão, uns a favor outros contra — com argumentos futebolísticos, ninguém ouvia ninguém, comunismo e socialismo num balaio só, e o Zeca ganhando uns trocados com o seu famoso torresmo de barriga, ovo colorido, chouriço, fígado, e outros quitutes que combinam com as doses de bebidas e com a cerveja "estupidamente gelada" (pode variar: mofada, véu de noiva, trincada, capa branca, canela de pedreiro, cu da foca, loira gelada, ou nuvem engarrafada, para combinar com os nossos poetas), mas quem enche o bolso de dinheiro são os exploradores do petróleo, o posto cheio de carros e caminhões para abastecer. A Petisqueira é o meu boteco preferido, vez em quando chega aquele sujeito que fica no canto me encarando com os olhos do Porfírio e me dando sinais de morte, pego a Julieta e me perco pela cidade afora.

    O suco de carambola da dona Olga estava delicioso, foi o que me esqueci de dizer.

No princípio tive medo, depois retornei várias vezes. Permaneci na fila de boca aberta, achava impossível sobreviver ao tumulto. Uma agonia. Um aperto no peito. Como tem gente no mundo, constatei! As pessoas não morrem mais? A legião de corpos andando em blocos e eu ali lutando por um tiquinho de espaço, quando o metrô chegou, mergulhei inteiro naquele empurra-empurra, as bolsas, as mãos caceteando na gente; via o conformismo nos olhos jururus... mulher, homem, mala, sacolas; dava de tudo. As baixinhas, coitadas, nem alças tinham para segurar, sacolejavam com as freadas do condutor ou do robô — alguns desses andam sozinhos, ouvi dizer. Novas tecnologias povoam o mundo com seus aparelhos estranhos. Igual ao drone, espião eficiente, que pode nos observar sem que a gente note a sua presença. Fico cabreiro, não gosto que me peguem desprevenido. Sou cauteloso. Sou prudente. Reparei que tem folgado que se senta nos bancos que o governo põe na lei que é dos velhos, das grávidas, dos aleijados, e o gaiato finge que dorme, mas não perde a parada. Primeiro dia não sabia e me sentei de ignorante. Depois que aprendi, respeitei. Na escada rolante, me posiciono do lado direito e deixo os apressados transitarem à vontade no lufa-lufa de sempre. Não entendi o motivo do afobamento. Um dia hei de compreender mais essa. Outros nem aí para a falta de ar da gente, ouvem música e até leem livros com os corpos imprensados em outros corpos,

[Eu? Odeio o cheiro dos livros, se entro numa livraria ou biblioteca, logo quero sair. Sou assim desde pequeno, a Neida tentou me estimular, lá em casa é livro para todo canto. Nunca li um ou nenhum por inteiro. Detesto o cheiro do novo, do velho; aquelas letrinhas embaralhando a vista, o monte de frases... a mana, para não me deixar estagnado na burrice, pegou costume de ler histórias em voz alta para mim, aí eu gosto, e fico atento se é boa, senão durmo. Peço sempre para ela me contar aquela do cara que foi ao inferno em busca da Beatrice. Não me canso de ouvir a velha história]

uma mão segura como pode a sacola pesada e a outra se agarra a alça em forma de forca, andam igual sardinhas na lata... final de tarde — catingueira de sovaco mal lavado e lavanda vencida e eu cavando um espaço, doido para chegar ao destino. Nasci para isso? Não! Tentei, mas não me acostumei à cidade grande. Fiquei por pouco tempo, procurei pela doce Excomungada. Como iria achar a Coisinha naquela Babilônia vertical? As manas preocupadas comigo ligavam todos os dias: *está comendo direiti-*

nho? Cuidado ao atravessar as avenidas. Cuidado com as balas perdidas, com os assaltos, com a polícia. Não saia à noite. Volta! Aportei ali num supetão, decidi de um dia para o outro. Cismei que ela podia estar por essas bandas, vim conferir. Fiquei me lembrando do seu rosto comovido com a revista nas mãos, fotos de São Paulo, o que ela mais queria era conhecer o Ibirapuera, fazer pose bem no alto do monumento, fingir o empurra-empurra para instigar os cavalos a andarem, tudo brincadeirinha que ela faria com certeza. É igual procurar agulha no palheiro, eu estava iludido! Sabia que havia muita gente no planeta, mas acho que multiplicou. O Caratinga me deu carona no Volvo, quando levava a carga de mármore, veio a viagem toda se gabando de que conhecia de cor e salteado cada trecho da estrada e a zona norte de Sampa. O Caratinga é metido a metropolitano. Fomos papeando, eu querendo disfarçar, mas estava com o coração na mão, nunca havia viajado tantos quilômetros, sempre ali pela região: exposição em Estrela D'alva, Recreio, Santa Cruz, Palma, Argirita, Aperibé; esses chãos eu domino, daí em diante, desconhecia. Os dias eram compridos e emendavam a noite à madrugada, eu pouco dormia. Na pensão as pessoas chegavam com a cara azeda, nem se preocupavam em me conhecer. Em todos os lugares, eu tentava puxar conversa, e o povo nem aí pra interação, me deram invisibilidade sem dó nem piedade. Só conseguia conversar com uns moços que vendem assinatura de revista na rua. Aceitava para poder prosear, ia guardar as meninas lá de casa. Digo "meninas", não me desacostumo. Os homens das revistas eram vendedores, queriam me convencer a fazer assinaturas ou um negócio para adquirir bilhete permanente para o teatro,

[só assisti a uma peça quando era pequeno — "Os três porquinhos". Os atores não conseguiam falar direito nem os nomes originais dos suínos, aí a professora teve que trocar, ficou: Zezinho,

Luizinho e Joãozinho, foi um fracasso total, nem mesmo os pais conseguiram aplaudir o espetáculo, de tão horríveis a história e a encenação. Daí em diante desanimei com o teatro]

os caras eram chatos de nascença. Aprendi a lição, depois de penar como otário, passava por eles correndo. Em poucos dias, emagreci, a comida barata era malfeita, o estresse intenso — galope para tudo. Voltei, aquilo não é para mim não. Só pensava nas meninas pedindo: *Volta!* Em casa tenho do bom e do melhor, não tem mulher que mereça um sacrifício desse naipe, mas se achasse, ficava para conferir, se me decepcionasse outra vez, esganava sem dó. Aí parava de ouvir o povo falando dentro da minha cabeça: *chifrudo*. Apesar de tudo, gostei da experiência, senti-me menos bocó com a aventura e cheio de novos assuntos para esnobar a galera. Fiquei enquanto pude naquela selva de cimento, a gente anda olhando para cima, uma linda coleção de prédios decora a famosa avenida Paulista. Uma beleza, a Madá ia gostar de ver se estivesse comigo. Comprei uns postais para as meninas, qualquer hora levo o povo para comprar bugigangas no Brás, na 25 de março, na Zé Paulino. Comprei lembrancinhas para todas e um celular de última geração para o Basílio. O meu retorno foi comemorado com festa. Até a Socorrinha me deu um abraço tímido e fez bolo de laranja para me mimar. A Ziroca faz excursões nos feriados, o ônibus cheio de sacoleiras e lojistas, os preços são bons e há variedades — fui logo atiçando as meninas a programarmos uma viagem para São Paulo. A Neidinha não virá conosco, isso eu sei de antemão, já as outras irão brilhar os olhos. Ainda mais a Naira, que adora badulaques. Vai se empanturrar de sacolas. Não achei a cândida Excomungada, mas valeu a experiência. Na verdade, na verdade, quero é arrancar da boca dela de quem o Basílio é filho. Desde sempre, temo que ele não tenha o nosso sangue. Oh, nunca compartilhei essa desconfiança com ninguém. Poderia fazer o exame de DNA, mas não tenho coragem suficiente, se der negativo não vou aguentar que me tirem tudo, tenho em mim que o jeito é a conformação. O Basílio é um menino bom, estudioso, trabalhador, o seu lado pior é o de sonhador. É religioso, bonito de ver a fé dele. Penso que ele escolheu a profissão de enfermeiro porque sempre gostou de cuidar das pessoas, como os santos. Caridoso o menino! Não tenho nem metade da dedicação dele com o Homem lá de cima. Para tudo faz o nome-do-pai-do-filho-do-espírito-santo. Se as meninas descobrirem as minhas perturbações, seria uma baita decepção. Ele é o filho que elas não tiveram. E assim continuará a ser. Não revelarei as minhas cismas para ninguém, jamais o renegarei. É meu filho e pronto! Sinto eterna a nossa ligação. Um carma do bem, prazeroso. Vozes me cobram uma atitude radical, vejo isso pelos sobrolhos carregados, nos bate-papos no jogo de sinuca, nos telejornais e novelas, nos comentários e na maldade que há dentro das pessoas e na fissura com a vida alheia.

Oh, maninha, escuta isso: estava conversando com o Zeca lá na Petisqueira, aí um tal de Lupicínio chegou num Volvo, e entre uma e outra, desatou a falar de coisas estranhas, de conspirações. Ele disse bem assim: *Os habitantes desta cidade não olham para o alto, tão cabisbaixos estão, não percebem os olhos robóticos que os observam há tempos. O Jackson WX permanece no comando dos outros Drones, a guerra é para já, só estão aguardando mais informações e investimento da NASA. Falta pouco para o grande dia, uma grande explosão virá do céu. As autoridades estão se lixando para o combate das epidemias de dengue e do Zica vírus, responsável pela mutação humana. O Xavier (chefe do departamento de espionagem da polícia estratégica) e* o Alan (chefe maior da política secreta de alto escalão) se aliaram para combaterem o Cacau (chefe daquela escavação criminosa do Monte Mágico); há uma concentração natural de ouro não explorada, estão cobiçando aquela fortuna. Dom Cacau temia que se fossem revelados os estudos de prospecção, aquilo se tornaria uma Serra Pelada. Nas horas vagas Dom Cacau ainda comandava o tráfico de animais para outras terras; especialista na venda de cobras brancas e raras. A Princesa Diamante vale um milhão de dólares, Jiboia rara, suspeita-se que exista uma neta na Europa. Aí, maninha, o Zeca sem entender bulhufas, perguntou ao estranho: *como o senhor sabe dessas tramoias? Fala de modo claro, por favor, não entendi lé com cré.* O sujeito deu um esgar de lado e foi lá fora cuspir — quem sabe foi pedir autorização para alguma entidade?, voltou logo e emendou a prosa: *fiquei sabendo nas minhas andanças, escuto de um tudo na rádio pirata, gosto desse enredo sobre conspiração, ou você acha que o mundo é pequeno igual ao lugar em que vocês vivem? O universo é interminável!* Fiquei na minha e quando, finalmente, ouvi o ronco do motor do Volvo seguindo viagem, arrastei a cadeira para perto do Zeca. Quem é esse? *Sei não, Almeidinha. Cada um que aparece, o cara só fala de Rússia, Estados Unidos, Japão ou China, sei lá,* nesse ponto, ele parou para rir da sua própria fala. Você sabe como o Zeca é espontâneo. Ri junto com ele para não fazer desfeita da piadinha inexistente. Ele prosseguiu: *Bem isso, não entendi nadica de nada. Nunca saí daqui da região, não, mentira, uma vez fui pescar no Araguaia. Se quisesse pegava boleia, mas o trabalho não dá descanso, entra segunda e sai segunda estou enfurnado aqui. Bom é jogar pelada com a turma e garantir o salariozinho de atendente de balcão para criar os filhos.* O que você acha, Maninha? Acha que o Lupicínio estava zoando com a cara da gente? O Getúlio foi se enroscando na minha perna e eu fiquei mais calmo. Pensei: como é bom me sentir protegido assim como me sinto junto da família, ainda mais com a mais velha me valendo como mãe. Continuei a narrativa, pois o sujeito retornou dias depois com outra conversa estranha, pediu um trago e antecipou o suspense: *vocês não vão acreditar.* Aí criou logo um montinho de gente para saber do que se tratava. Ele esmurrava o jornal, igual crente batendo na bíblia para enfatizar a palavra sagrada, *uns caras aí, cientistas escoceses, de nomes que não consigo pronunciar, descobriram a partícula de Deus. É verdade! Li num jornal velho, que peguei ao acaso no lote que eu guardo para limpar as mãos sujas de óleo... tenho um monte, de tudo quanto é ano, serve para polir, para substituir estopa, formar fundo de cama e serve para a curiosidade.* Eu impaciente, quis ouvir mais e pedi, conta aí, Lupicínio, porque sapo de poço não conhece oceano! *Então, o negócio é complicado de entender, mas é alguma coisa importante, uma vez que foi a primeira estrutura moldada pelo criador para a construção do Planeta. A tal partícula.* Ele falava e eu arrepiava, esse negócio de querer entender tudo tim-tim por tim-tim me dá medo, fiz logo o sinal da cruz e bati três vezes na madeira da mesa para espantar o azar. Tinha gente rindo da conversa fiada do caminhoneiro, e ele não se intimidava. Dei uma despistada, fui lá fora encher o pneu da Julieta. Fiquei olhando o céu salpicado de pontinhos brilhantes e me senti tão distante do cosmo, me senti num campo imenso, aberto, apavorante. Vivo rodeado pelos lugares que conheço de cor e salteado, mas sei que num lugar muito distante, outro homem, falante de uma língua que nunca compreenderei, olha para o firmamento, neste exato momento, e vê o sol clarinho, enquanto aqui o negrume cobre as estrelas. A vastidão me assusta. Não contei para a mana, mas senti uma tristeza chegando devagarinho e me deu logo uma vontade ainda maior de encontrar com alguém que me fale da Excomungada, esse favinho de mel, ou que me olhe com disposição para me ver de verdade? Eu precisava pagar a conta e me despedir do pessoal. Quando voltei ele estava falando do famoso Bin Laden, *cadê as provas, colheram as digitais? Vocês não irão acreditar, quando eu passava com uma carga de arroz lá pros lados do Vale do Jequitinhonha, eu vi um andarilho de estrada igualzinho a ele. Tenho para mim que era ele. Não pode ser tão semelhante e ser outro.* A gente aprende com os estradeiros, qualquer hora faço amizade com o Lupicínio, peço uma boleia e saio zanzando por aí. Ele gosta de ser o nosso Repórter Esso. Estou me acostumando mais com ele e com a solidão. *Foi bom a Excomungada ter partido, não fez falta nenhuma.* Falei alto com voz firme, mas o amor dá coragem e dá fraqueza e a maninha me conhece demais, então saí para buscar um café quentinho com as lágrimas esperneando para sair.

O Alencar esbaforido me chamou num canto, o suor que descia pela barriga crescida grudava na camisa aberta, foi logo dando o recado da Excomungada em meio aos cuspes que atiçava na minha cara, enquanto revelava o dito e o não-dito. Fiquei surpreso e nervoso, *como assim? Oh, não tenho nada com isso, calhou de me escolher como mensageiro, nem sei como conseguiu o número do meu telefone, de cara se identificou: É a Madalena! E eu que nem me lembrava mais do nome próprio e verdadeiro dela, ia desligar pensando que era trote.* Ela esclareceu com a voz contrariada: *vocês aí me chamam de Excomungada, mas eu me chamo Madalena, bom, deixa isso para depois, pois o que eu quero dizer é outra coisa. Ah, sei, sei sim, claro que lembro, diga lá...*

incentivei, afinal nunca fui de destratar ninguém. Só sei, compadre, que no mexe e remexe ela pediu para alugar um barraco para ela, se possível no Ibitinema, quer voltar para as suas origens, morar pros lados do estado do Rio, o aluguel é mais barato por lá. Eu nem quero dar opinião, que opinião não serve para nada. Se fosse bom a gente vendia, não dizem? De modo bem paspalhão me portei, tentei fingir deboche e o riso de escárnio sambando sem ginga na boca, *por mim que faça o que quiser ou que morra*. O amigo arranhou a garganta e completou desajeitado, *espera, tem mais...* parou para coçar o casco suado da cabeça, *virá com o filho que fez em suas andanças, sem ele ela não volta*, afirmou com toda a firmeza. Contrariada, larguei um, esse não abro mão. *Ligará semana que vem para saber se eu consegui o barraco... me pediu para te prevenir. Oh, por mim, oh!*, eu disse sacodindo os ombros como faço desde pequeno, pois não sabia o que fazer ou falar de sensato, queria parecer rigoroso, queria parecer inteligente. O Alencar me olhando ressabiado, passou a jogar conversa fora, falou alguma coisa sobre brio, quiçá sobre a importância da honra e estendeu mais um tiquinho: *perfeitamente... por essas e outras que tem homem que parte para a ignorância*. Falei pelos cotovelos, não me lembro dos detalhes, me esforcei para parecer contrariado, mas por dentro uma alegria contraditória vinha se aproximando. Dei por encerrado, pois queria sair logo daquela prosa terrível, o Alencar podia perceber os meus olhos brilhando como estrelas. Quando fiquei sozinho com a Julieta, não consegui segurar o riso preso há anos, pensando que talvez ela quisesse voltar, seria bom nós dois outra vez, na nossa cama grande. Nem me importaria em abandonar as putas que me fazem companhia. As meninas iam espernear, ainda mais a Neninha. *Nem pintada a ouro*, aposto que assim diria. Estava indo no postinho de saúde ver a Miriam com o bolso cheio de comprimidos para enfiar na goela quando chegasse perto, para tentar alguma forma de amor, mas não concentrava em mais nada. Era só Excomungada, Excomungada, essa ternurinha, essa maldição de amor. Não quis voltar para casa, emendei madrugada adentro e trombei com a Raquelzinha no Inferninho, e ela estava numa noia ferrenha, a toda hora fungava o nariz e passava as costas da mão na boca, ela estava para lá de Bagdá, parecia dizer coisas sem sentido, mas fiz questão de escutar com atenção: ... *com direito a água benta vinda do rio Jordão, assim a princesa Charlotte Elizabeth Diana foi batizada na tarde de domingo em Norfolk, no leste da Grã-Bretanha* — falou com a voz grossa imitando alguém, possivelmente o porta-voz do rei ou da rainha; *comigo foi bem diferente. Entre a minha vida e a dessa princesinha há um abismo, entende, Almeidinha?* Balancei a cabeça no gesto de sim. *Lá pelos meus sete anos de idade foi que o meu batismo aconteceu. Não fui eu quem escolheu aquela vaca para madrinha.* A Raquelzinha começou a rir, um riso-choro, os dois num só; *Rosália era uma vizinha de tempos, você acredita que na hora em que o padre pegou o hissope de água (da qual nem sei a procedência) para abençoar o meu corpo e minha estrada, a vaca cuspiu na água. Cuspiu na água, Almeidinha. Entende o tamanho da maldição?* Fiquei quieto, era a única forma de me mostrar solidário. *O rio Jordão nunca esteve ao nosso alcance. Será que foi nesse momento que a minha vida gorou?* Permaneci de cócoras, em silêncio, não sabia o que dizer, ela desatou a rir, sem mais nem menos, mudando e não mudando de prosa. *Ô Almeidinha, você é um cara puro, se quiser comer um cuzinho, aceito em troca de companhia e pó. Tá ligado?* Neguei, não queria carregar remorso. Fiquei dando conselho besta para a menina, custava a crer que podia ajudar com o falso otimismo, mas continuei a ladainha. Que urucubaca, batizada com cuspe! Deu nisso, a vida da Raquelzinha, só lambada! *Que destino desabençoado, imutável destino meu!* E não é só o dela, do Monte Caburaí até

Arroio Chuí, um montão de gente contando uma história atrás da outra, os que se encontram nas desgraças! Não me canso de ouvir a minha gente, o problema é que nunca tenho nada decorado para o consolo, sei que a realidade é de amargar e não tem palavra que alivie a carga. E ainda lhes pedem coragem. O tempo todo o soco, o pontapé, a pedra, o sal nas feridas; dá uma dor na boca do estômago ver tanta gente sem proteção, ainda bem que carrego a cartela de Omeprazol no bolso. Eu me enfio nessas bibocas em noites diversas e constato que a Hilda da Casa do Sol tem razão: *Deus é uma superfície de gelo ancorada no riso.*

Já morávamos perto da Ladeira Dair Bifano, e se não me engano o crime ocorreu em 1999. Rapaz, nunca esqueci o episódio! Ouvi lá de casa o barulho dos tiros, na hora pensei que havia estourado o pneu de algum automóvel, mas era diferente o estrondo, daí a pouco ouvi gritos e correria, corri para lá e logo fiquei sabendo que o marido matou a mulher depois de várias ameaças, a Margarida era boa gente, trabalhadeira que só vendo, ficaram aí os filhos sem mãe e sem pai, o cara ficou preso por uns anos, os filhos criados pela vó — você conheceu, é a Dona Maria Pequenininha. Precisava disso? Eu já gritei aos quatro ventos que mato a Excomungada pelo desgosto que nos causou, mas sabe, Geraldinho, não tenho coragem, não tenho o sangue frio para a brutalidade. E ela não merece que eu apodreça na cadeia. Concorda? Soube que quer voltar a morar em Pirapetinga... Que nada! Ficou maluco, homem! A minha vida está ótima sem ela, me fez foi um favor desaparecendo. Para dar um fim naquele assunto delicado, bocejei e espreguicei umas três vezes, a sorte foi que o filho da Zenaide passou por nós e perguntei pela família toda. Depois, fiquei sentado de cócoras, uma velha mania, e danei a cavoucar as unhas dos pés, ainda gastei um tempo olhando o calcanhar rachado e seco dentro do chinelo amigo, até o vermelho da cara sumir. Quando toco no nome da Excomungada a emoção me toma, fico bambo, fico sem graça, fico vermelhiiiinho e com medo que esse amor antigo me obrigue a fazer papel de bobo. Quando me recuperei, mudei o rumo da conversa, mas o tema ainda era a violência. O assalto foi em Laranjal, entraram na agência de um banco do governo e foi um pânico inusitado praquelas bandas, usaram o gerente como refém — conheço o camarada, vez em quando vem aqui ver os parentes e apreciar a crocância da traíra sem espinha do Bar do Juca, sim é esse, o que fica próximo da rodoviária — se é que podemos chamar aquele galpão improvisado de rodoviária... você sabe das coisas, hein, Geraldinho, fica até altas horas rondando por ali e pechinchando programa com as putas. Vamos deixar as suas intimidades de lado que o papo agora é outro. Antes a gente nem trancava as portas, faz tempo que a guerra se alastra, as armas são comercializadas à luz do dia, corretores do comércio da morte e das drogas vestidos de farda, de gravata, com anel de doutor no dedo, a milícia evolui e os pobres entopem as cadeias. O delegado Lindolfo garante que o assalto em Laranjal foi feito por marginais que pertencem a uma quadrilha de Belford Roxo. Dizem que a droga que se consome por aqui vem da Bolívia e do México, disso não sei dizer nem uma linha sequer. A violência que frequenta todos os dias as páginas dos jornais parecia tão distante do nosso quintal quanto as guerras no estrangeiro. Está difícil falar de coisa amena, o jeito é a gente ir tomar uma gelada no quiosque da praça para matar a sede e tolerar o sol ardendo na pele. E a Raquelzinha, coitadinha, está se afundando cada dia mais na cocaína, o Fagundes da Gorette foi engolido pelo crack. Outro dia, peguei o Adir, ex-marido da Socorrinha, estatelado na beirada do meio fio, perto do Matadouro, arrastei o homem até o cômodo em que vive junto com as baratas, pesava como chumbo e ainda por cima foi xingando sem parar, *nesse cu de cidade, é beber, trepar ou morrer, que se danem, que se lasquem*, enfiei o camarada com roupa e tudo debaixo do chuveiro e o deixei ensopado em cima da cama e fui embora. Não é fácil, mesmo. Concordo e ando preocupado com o Basílio, tem chegado alterado em casa, golfando na privada. Deixa estar. Por sorte, o gerente se safou, dizem que irá pedir licença médica e talvez não volte mais ao trabalho. Viverá de quê? Tem que trabalhar, filhos para criar, a vida cobra de qualquer jeito. A maioria dos brasileiros tem que pegar o boi pelo chifre todos os dias, matar um leão em cada esquina, remar contra a maré, tirar leite de pedra; quase nunca alcança o pódio, mas faz um troco para sobreviver.

Para diminuir a tristeza de dentro da gente com a morte da nossa Neidinha, resolvi promover um pouco de alegria, vamos dar uma voltinha em São Paulo. A Nena não quis vir, agora não sai daquela varanda, fica horas olhando para o mesmo lugar. Já me aconselharam a mandar rezar uma missa em intenção da alma da irmã morta, que é encosto na certa, pois a caçula assumiu o seu posto na varanda e anda pelo mundo da lua falando sozinha. Chega a me dar medo, não gosto desses assuntos sobre alma penada, menos ainda quando é da família. Encomendo flores toda semana e peço ao Bastião para cuidar bem do túmulo, assim ela pode ficar tranquila lá no céu. Insisti o quanto pude, no entanto, a Nena não quis saber de negociações. Fiquei com receio da Excomungada, essa mistura de fel e esperança, aparecer, justamente quando eu não estiver em casa, mas não posso ficar de plantão o tempo todo. Fico apreensivo, temendo que algo dê errado. Deu um trabalhão danado organizar a excursão, mas os conterrâneos merecem, afinal, a vida não foi feita apenas para trabalhar, né! Tenho fé, dará certo! O nosso pessoal acompanha as novelas, as revistas de moda com as moças esqueléticas fazendo confusão sobre beleza e saúde, os programas evangélicos prometendo milagres e prosperidade e ficam almejando o paraíso, enquanto a conta bancária permanece no negativo. Como seguir as tendências se nem pratinhas sobram? Soube que a Cíntia Carla fez um empréstimo e a Maria de Fátima deixou de pagar o aluguel da casa, mas não querem nem pensar em desistir da viagem. Fico me sentindo culpado por ter inventado o bate-e--volta ao paraíso das compras. Compras virtuais são arriscadas, a pessoa imagina uma coisa e vem outra, conheço cada história! Tijolo no lugar da panela elétrica, produto que nunca aparece, sei lá, não confio, gosto das coisas olho no olho e ao vivo. Felicidade para mim é outra coisa. O seu Geraldo, motorista, conhece o caminho, me garantiu. Antes de o ônibus partir ele deu as instruções, fez um discurso bonito, um monte de mão na cara fazendo o nome-do-pai e depois os améns, uma alegria imensa, parecia piquenique de tanto troço bom de comer que estavam levando. O rateio ficou até barato se pensarmos no tal custo & benefício. Sou bom na pechincha, estou acostumado a negociar mármore e outras pedras brutas. Quando estávamos chegando, o dia clareava, aí as vozes aumentaram e começou um apontar de dedos, olha isso, olha aquilo. Espantados com a quantidade de carros àquela hora, o pessoal começou a desamarrotar a cara e a vontade de esticar as pernas cresceu. Se a Madá não tivesse ido assim, de maneira traiçoeira, ia gostar dessa turnê. O Gustavo, funcionário do Armarinho São Pedro, veio representando o patrão, irá comprar artigos novos para surpreender a clientela, vieram muitas sacoleiras, a Naira está numa satisfação que dá gosto. Quero comprar um canivete para levar nos passeios que faço com a Julieta, será útil para descascar uma laranja ou uma cana na estrada, e se der na telha serve para cortar a jugular ou abrir os pulsos, mas não ando pensando em morte, de tanta coisa para fazer. Quero comprar aquele suporte para garrafa de água que se fixa nas *bikes*. É tanto carro, meu Deus! Lá na nossa cidade há um trânsito intenso de veículos pesados, a estrada corta dentro do centro e na periferia a gente se depara até com cavalos, e lá perto de casa mora a famosa Pureza que vive fugindo do dono. Por falar em burro, soube que o carro de boi será proibido de transitar no centro de Pirapetinga, no Estado do Rio eles têm que entrar pelo Ibitinema para deixar os feixes de cana, os milhos na época certa, as verduras fresquinhas. A prefeitura de Santo Antônio de Pádua e outras mantêm a tradicional festa do carro de boi, desfilam por volta de trinta a quarenta juntas de bois, uma beleza, alegria de trabalhador rural, ano passado teve um minicarro puxado por dois bodes, anhrã!, festa boa. Vendo a satisfação na cara das pessoas, penso que valeu a pena organizar a excursão, acho que todo ano farei uma, podíamos ir a Belo Horizonte, parar na feira de artesanato na Avenida Afonso Pena e dar um pulo no Barro Preto para verificar se as lojas que vendem roupas ao atacado estão abertas aos domingos... ou quem sabe uma diversão no calçadão de Juiz de Fora? O tempo foi passando e o Brás foi lotando de gente, um formigueiro humano ziguezagueando num frenético entra-e-sai de lojas, os ambulantes arranhando os pulmões para anunciar suas promoções, as ruas congestionadas pelo rio de gente, comecei a ficar aflito depois que vi uns caras correndo, a senhora nervosa sem as sacolas na mão e a carteira desaparecida. Esses caras devem ter sido treinados com mágicos, são talentosos e ágeis, isso temos que admitir. Fiquei mais próximo da Naira, minhas mãos não se aguentando de tantas sacolas com todo tipo de bobajada. Lá pelas tantas, sugeri que voltássemos para onde o ônibus estava estacionado, deixarmos as compras trancadas no porta-malas e convidarmos o Geraldo para o almoço. O restaurante que escolhemos, pelo preço promocional, parecia simpático visto do lado de fora, mas quando nos sentamos, percebemos o furdunço e a melequeira, gordura para todo lado, resto de comida no chão, o arroz de baixa qualidade inchado do esquenta e requenta. Como sou cismado não comi quase nada, o Geraldo nem aí, mandando para dentro. As garotas fizeram lanche para não perderem tempo. Pegamos o metrô e seguimos para a Estação São Bento, depois fomos passear na avenida Paulista, a Naira ficou encantada com os prédios, com o Masp, com os parques, os shoppings e tirou um monte de fotos. Por fim, retornamos exaustos. Fiquei satisfeito, pois correu tudo bem. Quando passamos pela placa "Bem-vindos a Pirapetinga", o meu coração disparou a galope, estava ansioso esperando um recado da Madá, a razão insistia no não, mas eu por inteiro desejava a reconciliação, estava ficando cada dia mais difícil dissimular o querer. Durante uns bons dias o assunto foi a viagem, estavam maravilhados com São Paulo, e eu tive que ouvir os blablablás e blebleblés repetitivos. Ô povinho que gosta de novidades!

Estávamos numa espécie de reunião familiar improvisada, discutiam a matéria do noticiário e eu fingindo que acompanhava o assunto que para mim era incompreensível. Desliguei a TV, mas o papo se prorrogou na cozinha com o Basílio e a Socorrinha. Como pode um homem entender que o dinheiro não é mais uma espécie que pegamos com as mãos ou que emprestamos aos bancos? Onde já se viu dinheiro virtual que vale ferraris? *Vocês têm que imaginar que isso é o capital moderno, a criptomoeda mais conhecida é essa que a repórter falou, bitcoin* — nos explicou o Basílio. A Socorrinha se empolgou e entrou no assunto: *Hão de me desculpar, mas para mim não sobra é nada, como vou saber sobre esse tal biticoin?... Ah, sei lá como se fala. Parece coisa* do super-homem. Criptomoeda, criptonita, tudo do além, da terra do Krypton. *Ô Almeidinha, você disse que quer jiló com fígado ou com carne de porco? Dá sim, faço com os dois, um pouquinho de cada. Vai ficar igual ao do Mercado Central. Um dia ainda quero ir lá. Quantas horas? Está cedo, é bom que o tempo renda, tenho tanta coisa para fazer hoje.* Esse dinheiro que existe e não existe deve servir para compras dentro das naves espaciais, parece coisa de astronauta que viaja com cachorro para a lua, não aguento modernidades exageradas. *Nem vem! Eu, hein!* Eu quis falar do que conheço: Ô Basílio, a Dona Zefa guarda dinheiro na lata de leite Ninho até hoje, os netos preveniram a velha, porém ela é desconfiada e não aceita abrir conta em banco. Está quase cega, esfrega os dedos nas notinhas e pelo tato reconhece uma por uma. Ainda acha que dois reais dão para fazer a feira e não há explicação que a faça entender que as coisas mudaram. *Pois é, pai, eu sei quem é a Dona Zefa, ela é tia-avó do Guilherme, que foi da minha turma de faculdade. Todos o conhecem por Saçurana, por causa das sobrancelhas grossas. A reportagem estava dizendo que os sequestradores exigiram o resgate em Z cash ou Monero, são outras moedas virtuais, foi isso que falaram, pelo menos foi o que entendi. Parece bizarro... é complicado para se compreender, corre há poucos anos no mercado, não existe fisicamente como o real, dólar, o euro, a libra e outras tantas moedas que existem no mundo.* O Basílio parava de falar e ficava rodando o abridor de garrafa no meio dos dedos cheios de anéis, e eu ainda ressabiado com a sua pose de mulher. Sem mais, sem menos, ele voltava à conversa: *por falar nisso, o senhor acertou com a tia Naira sobre o conserto do vazamento do banheiro, acho que terão que quebrar a parede e já podemos pesquisar nos cemitérios dos azulejos, pois será complicado encontrar aquele modelo antigo e fora de linha.* Está bem, depois a gente volta ao assunto, quando ela chegar. A Socorrinha completou: *Não sou burra, mas ainda não entendi e nem sei se quero compreender tudo. O que me apavora é a onda de sequestros, até hoje rezo para o Carlinhos, o menino nunca foi encontrado, o Brasil inteiro acompanhou o seu misterioso desaparecimento. Coitada da moça, ficou no cativeiro com medo de morrer ou de ficar pobre (pediam uma fortuna), ainda bem que a polícia salvou a sequestrada. Ela parece com a filha do Odir, né? Deve estar com medo de andar na rua. A pessoa fica traumatizada. Aconteceu comigo. Não sabia, seu Almeidinha? O telefone tocou, um número desconhecido, uma menina chorando no fundo e o cara me ameaçando, dizendo que ia matar a garota, gelei, porque são tantas as tragédias e eu estava sonolenta e com a consciência fraca, mas a agonia foi aumentando e quando me levantei num pulo, foi que raciocinei, a Talita estava na sala ressonando, fiz o nome-do-pai em agradecimento e xinguei o bandido de tudo quanto era nome feio. E perguntei para ele: não tem amor ao próximo, não? Desligou o telefone na minha cara. Dizem que ligam da cadeia. Agora sequestrar dados pelo menos não escorre sangue, ou escorre?* A Socorrinha terminou a retórica fungando com o choro causado pela cebola que picava bem aos quadradinhos. Resolvi dar uma volta antes do almoço ficar pronto.

A campainha estridente que quase nunca toca chegou a me assustar, as pessoas nos gritam, batem palmas ou vão entrando no vício do *ô-de-casa*, realmente estava desabituado do blimblom esganiçado. Eu mesmo fui verificar quem era, pensando em despachar o povo se fosse a ladainha chata das Testemunhas de Jeová. Não imaginei que entraria no túnel do tempo, pois quem estava ali em carne e osso era a Excomungada, essa maciez de passado. Fiquei imóvel, não sabia o que dizer, *olá, entre e fique à vontade, não faça cerimônia, você é de casa, como tem andado, que calor, tomara que chova...* Todas as frases decoradas se embaralharam em mim. Eu a procurei por todos os cantos, sonhei dia e noite com o momento do reencontro, mas agora percebo que nunca estive preparado. Ela estava mais ancuda, com um rasgo de preocupação na testa franzida, um cheiro de fumo exalando da pele, a blusa com estampa de tartaruguinhas deu um tom divertido no visual e uma certa jovialidade, em cada movimento que ela fazia a saia godê produzia um barulhinho gostoso de ouvir, os olhos de jabuticaba não me encararam, o lenço nas mãos não parava de enxugar o suor do pescoço e do rosto, deve ter vindo correndo debaixo desse solão quente, as unhas longas estavam pintadas de rosa, nos pés uma rasteirinha surrada; eu a olhei de cima a baixo, rastreei os detalhes possíveis, depois fiquei envergonhado, pois sei que é uma indelicadeza percorrer a pessoa com olhos de raio X, tomara que ela não tenha se sentido ofendida. O coração traiçoeiro pulsava de incertezas e expectativas. Ela comentou das orquídeas: *continuam lindas, Almeidinha*. Abismado, nem reparei de pronto no menino que explorava o nosso quintal. A sorte é que a Neninha percebendo a minha demora, veio ver o que se passava. *Oi, Madalena... quanto tempo, pois é...* A Neninha olhou-me com cumplicidade e apreensão e soube que eu precisava de ajuda. Se eu pudesse dar o abraço guardado há 31 anos e dizer para ela *suba e se acomode em nosso quarto*, mas a realidade embaralhou tudo. Não estava preparado para este momento. Ia sendo tomado por uma espécie de crise de ausência, prestes ao desmaio, peguei o chapéu atrás da porta, mirei a Julieta e disse para a Excomungada (ou não disse?): *Até logo*.

... trinta e um anos se passaram, Julieta, e ela retorna assim sem mais nem menos, anos inteiros em que estive intimamente apegado à espera, você sabe melhor do que ninguém o quanto ansiei pela volta dela. Ela é a minha Beatrice, a musa que veio com a família da Paraíba, que nasceu numa cidadezinha chamada Tenório, sua mãe com uma penca de varizes nas pernas inchadas de tanto perambular pela cidade para chegar à sua casa com alguma coisa para colocar no prato dos filhos, a Madá pequenininha já tinha que se embrenhar nas tarefas sem-fim das casas dos patrões e as madames xingando quando os saltos finos dos sapatos cravavam nas gretas dos paralelepípedos. Sabe, Julieta, por um tempo tive a esperança de que a Excomungada se corroesse no corpo das outras que paguei com bebida e ombro-amigo ou com os trocados da carteira, tinha expectativa de encontrar uma nova paixão. Num simples toque de campainha, ela acabou com todas as ilusões. Que atrevimento, não acha, Julieta? Sem ilusão não sei viver. Acho que ela me esqueceu há tempos. Pedalo com mais vigor para organizar os pensamentos, as vozes da cidade gritam mais alto que antes: *chifrudo*. Ouço risos e gargalhadas. Pedalo por entre carros, quero um lugar solitário, sem as sombras que me rondam. Fingi que não vi o Alencar, mas ele entrou na frente da bike abanando as mãos num gesto de pare, segurou a garupa da Julieta, sabia que queria me prevenir, porém a Excomungada já havia se apresentado à minha frente. Fiz cara de normalidade, pelo menos tentei. *É? mudou-se para cá? Hum! Sabe quanto ficou o jogo de ontem? Fui.* As vozes me acompanharam. O pior é que não tenho esperança de que o mundo gire ao contrário. Ela está diferente, mas é aquela que fugiu com outro. Onde terá se metido o sujeito? O que você acha, Julieta? Quanto mais me distanciava do centro, mais os fantasmas me acompanhavam. Já ouvi muita coisa ruim sobre mim: *homem que é homem não aceita isso; o Almeidinha tem o parafuso solto; é mimado; é filhinho de papai*; a voz do Porfírio nunca mais saiu da minha cabeça: *anda, seu merda, me ajude a morrer, tire o banco, anda, tire o banco...* as vozes do Alencar, do Juvenal, do Juca, das Cândidas, do Hélio, do Anselmo, das amigas das meninas, do Alípio... todos eles querem ser surpreendidos pelo pior, querem que eu não os decepcione, é preciso crucificar alguém, é preciso apedrejar alguém. A poeira da estrada de terra encobria a minha visão quando passava um carro, aí não via nada, com os olhos ardendo, continuei; quando dei por mim, já estava lá na Venda. Deixei a Julieta na cerca de arame farpado e entrei pedindo uma cerveja, ela chegou trincada, como eu não estava com disposição para risos e prosa, fiquei sozinho num ponto distante. O meu desejo era seguir em frente e encontrar, pela primeira vez, o final da estrada. Precisava descansar. Queria mandar às favas as vozes e pelo menos desta vez dizer sim ao querer. Eu sei como é difícil ter vontade própria nesse conflito que se prolonga e não permite o perdão. O perdão seria um conforto, o ufa, o recomeço. Sou um poltrão, estufo o peito e digo que faço e aconteço. Escolho perdoar, flanar sem rumo, o aconchego da cama quente, mas ouço um coro que vem das vísceras da cidade, tambores, tumulto e ódio, inveja e vingança; a vida, um palco; o chocalho da cobra zunindo pelos ares. Querem que eu mate, querem que algo trágico se dê para calar o marasmo, gostam de ver as mãos dos outros cobertas de sangue. Não tenho saída, as vozes da cidade me comandam, não sei seguir a mim, nunca soube. Não posso esquecer da boa convivência que tivemos, como na noite em que acordei de um dos pesadelos com o capeta do Porfírio, descontrolado, joguei para o chão os vidros vazios de perfume que enfeitavam a penteadeira, a Madá sabia lidar comigo e me acalentou, pôs-me nu em seu colo e me embalou de um jeito bom. Cantarolou uma canção do Zezo da Paraíba, o príncipe dos teclados: *você já fez a mala/pôs na porta/ Diz que agora não tem volta/ nosso amor tem que acabar/Te juro, não mereço esse castigo/Pode até brigar comigo, mas não vá, amor/Eu morreria sem você aqui/ Meu mundo é triste sem o seu calor/ brigue comigo, mas não vá.* Como se eu fosse uma criança, foi me acalmando e a alma penada se afastando. Naquela posição em que eu estava, suguei o mel, era morno e vigoroso, passei a língua ao redor e chupava os mamilos. Ela mordia a minha orelha, apertava as unhas nas minhas costas. Gostando das intenções, colocou uma de suas mãos no sexo rígido e falou obscenidades dentro do meu ouvido. Ficamos brincando um com o outro, homem e mulher no vale-tudo entre quatro paredes. O pau rígido a penetrou primeiro devagar, para a gente se iludir que era um só corpo e depois fomos experimentando novas posições aos gemidos e gritos, ela no comando, sem pudor e com a lascívia que sempre apreciei, invadíamos cada pedaço um do outro. Depois que gozamos, ela me pôs no colo de novo, enquanto tragava com gosto o cigarro-companheiro, testemunha de sua longa história. Dormi. Tínhamos os nossos momentos de felicidade, no mais, fazia vista grossa, não estava pronto para a separação. Será que ela me quer de volta? Queria dizer sim, mas o que faço com as vozes que não me deixam em paz? Ao embalo desse zunzunzun insuportável, ajusto as contas com a covardia. O tiro preciso, direto no coração, a arma na gaveta, mas o que desejo que morra, nunca morrerá. Fui condenado ao inferno por causa do maldito Porfírio. É a minha sina nesse mundo hipnótico. Eu sei o que me custa, sou influenciável, fico confuso e com vergonha de estar disposto a recomeçar, disposto a perdoar. Desde pequeno, sou obediência e submissão. Querem que eu mate ou morra. Engolidor de giletes e pedras, o bobo da corte. No entanto, eu daria tudo por outro abraço da Excomungada.

... já não suporto mais, é Almeidinha pra cá, Almeidinha pra lá... *toma um trago, enfia tudo, seja homem, vai por ali, nunca manga com leite, vingança é um prato que se come frio, a melhor hora é quando não se espera mais; homem do céu, seja macho!, seja rígido, fale grosso.* Venho sondando para saber como conseguir cianeto de potássio, ouvi dizer que seria bom conhecer um químico do Exército para facilitar o câmbio negro; oh, quando a pessoa toma, demora alguns segundos ou minutos para barrar o oxigênio do corpo, ela morre sem ar. Deve ser uma agonia, desse jeito não quero não. Precisava conversar com o Jacinto para a gente resolver uns negócios já iniciados, gritei o nome dele lá do portão, o cachorro se levantou arrepiado, mas a Jacira que estava no terreiro gritou firme para o cão: *Quieto, amendoim! Ô, cachorro tinhoso.* E prosseguiu: *entre, Almeidinha que ele é manso, não morde, não.* O Amendoim voltou para o seu canto e continuou a luta com as pulgas. O Jacinto apontou a cara na porta e me pediu para esperar que ele ia lavar a cara. Fiquei observando a Jacira catando piolho no filho menor, os outros já estavam com os cabelos emplastados de remédio. Ela estendeu conversa, enquanto o marido se ajeitava, *Almeidinha, antigamente, colocávamos álcool, vinagre ou cachaça na cabeça dos meninos e mandávamos os pobres coitados ficarem em agonia no sol, por isso quando a latinha de Neocid chegou foi o alívio dos piolhentos, aspergíamos aquele pó e depois a gente completava o expurgo com pente fino, agora o governo disponibiliza esse xampu aqui ó, o piolho é uma praga difícil de combater, estou pensando em raspar a cabeça do Wanderson, só nas férias eu fico livre da lida de matar lêndeas e piolhos, pior é quando sou eu a vítima desses seres andarilhos, sanguinolentos e asquerosos...* Tão desconcentrado ando que deixei a Jacira falando sozinha, montei na Julieta e pedalei sem rumo. O Jacinto não deve ter entendido nada. Ainda fiquei por um tempo com o eco da conversa, e me lembrei de que o Zyklon B à base de cianureto, que matava piolhos e pulgas, foi usado pelos alemães para exterminar humanos na câmara de gás; ó, me dá um arrepio esquisito, começa na nuca e desce pelo corpo todo. Sou bem informado, tem gente que pensa que não, mas eu digo coisas que surpreendem, ainda mais sobre assuntos dos quais eu gosto, corro atrás para esmiuçar tim-tim por tim-tim. Esse negócio de tomar remédio com bebida não tem eficácia, dá tempo largo para o arrependimento. A Julieta me conhece bem, sabe que não sei lidar com pressão, sempre fui assim. Desespero e faço besteira. A Neidinha sabia me conduzir para a sensatez, ela sabia das minhas limitações e do meu transtorno. O desgraçado do Porfírio é que me atenta, se ele não fosse um frouxo, eu, sozinho, nunca pensaria, obsessivamente, sobre métodos suicidas, ele desgraçou a minha vida. No enforcamento a pessoa morre por falta de sangue no cérebro depois que desmaia, mas se for pesado pode quebrar o pescoço. Se eu soubesse, não teria ficado tanto tempo escondido dentro daquela carcaça de fusca. Fiquei em pânico, não sabia direito o que acontecia, lastimo ter conhecido cedo demais o terror. Por que o desgraçado não foi se matar pendurado numa mangueira afastada, ou quem sabe nas ripas daquela casa abandonada na entrada da cidade? Que morresse longe da gente, que ficasse balangando numa mangueira até apodrecer junto os frutos. Que arcasse com a sua infelicidade sozinho. A moral do ordinário já estava danificada, sem recuperação, era um homem mau, não prestava. Ele fica falando na minha cabeça, continua me xingando e mandando eu me matar. Nunca me diz nada de bom, o ingrato nem me agradece. Não quero morrer, mas a ordem do Porfírio entranha na minha mente. Quando vejo a Madá toda prontinha indo para o trabalho, fico pensando em como seria bom se ela voltasse para o nosso quarto. Volta, Madalena! Imaginou, Julieta, ela sentada na sua garupa, toda prosa com o vestidinho de flores? Já me acostumei com o seu corpo de dona, eu mesmo olho no espelho quando faço a barba, eu vejo o tempo me olhando no espelho: cara chupada, linhas novas no horizonte da testa, chego a ter duas covas fundas nas bochechas, e as pintas brancas da velhice se espalhando pelas pernas e braços. A gente diminui de tamanho e as orelhas e o nariz crescem, não sei se é influência, mas quando fico olhando para eles, concluo: não é que cresceram! Dentro de mim não envelheço na mesma velocidade, me sinto jovem, me sinto bem-disposto. O problema é que ainda não sei decidir nada sozinho, fico esperando ver placas indicando caminhos. Uma vez vi, num filme sobre a máfia, um sujeito ser liquidado com um plástico na cabeça. Ó Julieta, vou falar para você, é um calorzão danado e a falta de ar não me deixa continuar, nem bem comecei já tirei a porra da cabeça. Pensei em inalar gás, tentar abrir as bocas do fogão da cozinha, tomar um calmante bem pesado e me estirar no chão com os botões ligados, mas penso nas maninhas e desisto. Não encontro um lugar adequado para a morte. Veneno de rato não é uma morte inteligente. A Neidinha sabia bem das minhas doidices, me protegia de mim mesmo, sem saber que era contra o Coiso que a gente lutava. No tempo bom que passei com a Excomungada eu fui feliz. Quando ela foi embora, para não sucumbir, eu me alimentava das lembranças. O que me consome hoje é que não tenho coragem para pedir: *volta*. Não, não, não é exatamente isso, é que me habituei a conviver com a espera. Quero a Excomungada de volta, mas me ensinaram que um homem tem que ter orgulho e que chifre não se perdoa. Por mim, adotaria o mais novo dela e seríamos felizes para sempre. O Basílio está se dando bem com a mãe, por que eu também não posso? Ouvi dizer que sofreu os diabos em suas andanças, mas nunca abaixou a cabeça, é uma guerreira. Conheci o amor e viciei... é uma coisa mansa, uma delicadeza, outra hora é o oposto, é desnorteio, é *primo da morte*. Quando ela engravidou eu ria de um canto ao outro, o sorriso aberto, escancarado. Nunca mais ri de novo depois que ela partiu. O que desandou foi que ela queria viver numa cidade grande e movimentada, ficar perto do Cristo Redentor nem que fosse vendendo mate na areia quente da praia, *nunca tive medo de trabalhar, desde pequena nessa vida dura, você não entende o que digo porque sempre teve situação razoável*. Ela ficava namorando com o mapa do Brasil, era o sonho dela percorrer cada vez um lugar. Aí chegou o vendedor de joias e enfeitiçou a minha querida, exagerando sobre o que ela podia fazer se saísse da cama monótona. Não podia dizer do que não conhecia e não podia mentir sobre a minha incapacidade de mudar de lugar, ou de ficar longe da família e das pessoas que conheci desde pequeno; não sei lidar com mudanças. Ele deve ter prometido mundos e fundos. Ela, de certa forma, dava sinais de sua partida e me consolava como podia. Já cheguei a pensar que ela se casou comigo para se sentir minimamente segura (aproveitei de sua fragilidade, queria que ela cedesse e me aceitasse), criada ao deus-dará, sem completar os estudos, trabalhava de doméstica e diarista; depois aprendeu a ter carinho por mim e a valorizar as coisas boas que fazíamos juntos. Tenho guardada a carta de despedida, deixou o Basílio conosco, pois não tinha nenhuma estabilidade para oferecer. Vi quando colocou a mala escondida atrás do sofá, quando levantou da cama pé ante pé, eu estava acordado e fingi que dormia, se era para ir, que fosse sem me olhar nos olhos.

Acordei encharcado de suor, as veias estufadas, respirando afobado, sonhei outra vez com o desgraçado que só aparece para me atormentar, não sei como me livrar dele; entrou à noite flutuando pela janela aberta ou atravessou a parede, veio zombeteiro sabotar o bom sonho e transformá-lo em pesadelo. Ele sabe que basta aparecer nos meus pensamentos que produz o terror. Era um molecote, uma criança pequena, e é claro não sabia que havia tantos modos de morrer. Foi por causa dele que fiquei lesado, como alguns dizem em voz baixa quando passo. O papai alugou o quintal para que ele tocasse a funilaria, era um sujeito seboso e de pouca fala, mas tinha a confiança do senhorio. A gente evitava aquela cara entrunfada, parecia premonitória a nossa suspeição. Diziam que a sua mulher, a Dina, se aconchegava na cama de um outro, depois virou fato, ela escancarou a verdade, meteu o pé na bunda do marido que não a valorizava e foi viver com o Gomes. No fundo do coração, dou razão para ela, o sujeito não merecia a mulher bacana que tinha, aliás, merecer mesmo, ele merece é o fogo do inferno. O Marinho, pai da Dina, pegou de volta a Yamaha quase nova que ele havia comprado a prazo e estava devendo várias prestações para o banco, acordou de pagar em cinco anos, pagou apenas duas prestações e não se ajeitava para quitar sua dívida, e o ex-sogro penando como fiador. O descumprimento dos prazos cada dia pior, as dívidas aumentando, tudo isso o atormentava mais do que o abandono da mulher, foi o que eu ouvi, às escondidas, nas rodas de conversa do papai e seus amigos. Emagreceu em tempo recorde, em poucos meses a gente já notava o seu aspecto de zumbi. Continuou com o seu trabalho, serviço tinha bastante, pois era bom no que fazia, apesar de enrolar os prazos de entrega. Para cooperar com o inquilino o papai passou a fornecer o almoço e janta, todos os dias, um de nós ia levar a quentinha para o marmanjo, *Oh Salustiana, você coloca bastante sustância na marmita do Porfírio, o homem está que é osso só, aguentar esse tranco não é fácil*. No dia fatídico me coloquei a disposição para levar a comida do dito-cujo, não o queria perto das meninas. Ele me recebeu com o azedume costumeiro e me mandou colocar a marmita em cima da bancada e esperar. A tocha da solda ligada sem necessidade. Fiquei aflito com a esquisitice do sujeito. Tossi para fazer barulho e anunciar que ainda estava ali; ato contínuo, mirei o chão para evitar aquela cara agoniada. Quis sair correndo, mas ele adivinhou e ordenou: *espera!* Não estava gostando daquilo, agouro ruim. Deveria ter cascado fora dali, deveria, ele que se virasse como quisesse, porém não consegui e aí deu no que deu. Ninguém sabe de fato o que ocorreu naquela tarde, nunca, nunquinha abri o bico.

Carrego esse peso na alma, não chega a ser culpa. Por ser um sentimento tão emaranhado, talvez não tenha nome. A sina era dele, mas por maldade o Porfírio compartilhou comigo, era um covarde, um sacana, um pedófilo, um criminoso. Só queria sair dali para dar uma volta na égua Esmeralda, ou brincar de queimada com a molecada, ou mergulhar no rio do alto da ponte, vida boa de menino, brincadeira é que não me faltava naquela época. Carrinho de rolimã, descer a saibreira sentado no tobogã de papelão; oh, pneu velho servia para tudo, era só imaginar e ele se transformava numa máquina de emoções. Como podia prever que aquele dia seria marcado pela tragédia e pelo fim da inocência? Ele parecia desligado de tudo, acho que nem ouvia o radinho tocando o sucesso sertanejo. Deu a ordem com os olhos de zumbi: *venha!* Obedeci. Entramos no quartinho minúsculo que servia como vestiário, ele sem titubear, subiu em um banquinho e enfiou o pescoço no laço da corda fixada à madeira do teto, tudo preparado, sei lá há quantos dias. *Anda, puxe o banco.* Choraminguei, com a cabeça sinalizando o não. Nem bem entendia que aquilo era uma forca. Meu futuro agourou ali como o da Raquelzinha. Foi aí que ele se enfureceu, *não presta nem para puxar um banco, seu bostinha de uma figa, anda, não vê que já tentei e não tive coragem, é só isso: tirar a porra do banco, estou nas pontas dos pés, será rápido. Se eu descer daqui, vou te dar tanta porrada, você não conseguirá andar depois, quer que eu lamba o rabinho da sua irmã de novo? Anda, lerdo.* Não revidei, só beiço de choro e tremor pelo corpo. Parece que adivinhou, novamente, que eu queria fugir e olhou para mim com os olhos vermelhos e arregalados e deu o ultimato com sua voz de trovão: *AGORA!* Dei um chute no banco e corri o mais que pude, estou correndo desde aquele dia, não parei mais. Passei o resto da tarde trepado na janela que dava frente para a oficina, não falei com ninguém, não chorei. Torcia para que ele saísse para esticar as pernas ou tomar um café, ou que a música parasse por instantes, mas nada acontecia e os segundos, minutos e horas pareciam uma eternidade. Cansado de esperar, cochilei, quando, de repente, ouvi um grito alto, imediatamente a Salustiana pôs-se a correr, a gritar, a clamar por misericórdia. Quando o doutor chegou, não havia mais nada a fazer. A alma penada me pesa o lombo. Vou levando a vida, não sem medo de assombração. A Lupe, filha do dono da farmácia, conta diferente, diz que eu fui o primeiro a vê-lo roxo com a língua para fora, diz que saí transtornado e que levou horas para eu voltar ao normal. Só eu sei o que aconteceu de verdade. Há quem conte que foi um cliente que o achou já sem vida, o corpo pendurado exalando o odor da morte. O depósito transformou-se num abrigo de carcaças, habitado por teias de aranha, insetos, fungos, solidão e sombras de um passado, e goteiras cravando estranhos mapas nas paredes, antes de tudo ser levado para um ferro-velho. Desgraçado, não prestou nem para morrer sozinho. Que sua alma vague no umbral e que carregue junto a culpa que eu introjetei quando olhei naqueles olhos maldosos a pedir-me o golpe de misericórdia!

... inferno, vieram me contar que o Alencar está se deitando com a Madá. Não acreditei, pois amigo é amigo, ué! Quando o Thales veio me trazer a fofoca, demonstrei a descrença repuxando para cima o canto da boca esquerda, a desconfiança estampada na cara do pessoal não precisou de muitas palavras, os alcoviteiros insistiram: *não está acreditando, azar o seu*. Rebati: *somos irmãos, filhos da mesma mãe de leite; jamais ele me trairia desse jeito*. Com a minhoca enfiada na cabeça, fiquei cabreiro com o Alencar, se ele falava em demasia, eu pensava que era para distrair a minha atenção, se calava era porque tinha algo a esconder. Meu amigo de infância, companheiro de cerveja, parceiro para toda hora. Não, senhor, não acredito! Tentava esquecer, mas fiquei com a pulga atrás da orelha, diminuí a cisma quando ela marcou um encontro comigo no banco da praça da rodoviária às três da tarde, horário em que tinha uma brecha na agenda, para conversarmos sobre o Basílio, percebeu que eu não estava sabendo lidar com a situação, o menino virou menina, se vestindo com roupas de mulher, usando batom e meia fina. Quando a galera contava piada de gay, de sapatão, de deficiente físico, de mulher, de nordestino, de gordo, de português, negro, judeu... eu ria e não reparava em preconceitos, agora sei o prejuízo que causa. Se for de gay, acho que é uma indireta para me provocar e fico chateado de verdade, adoro o meu filho, apesar de não compreender o que se passa, não quero que falem mal dele, ainda mais na minha frente. Agora os nomes bestas que dão para se referir a ele me soam como ofensa: marica, fanta, boiola, biba, gleba, quiabo, poney, bambi, giroflex, bixoila, gazela, viado; abaixo a cabeça e tento trocar de assunto, convivo dia e noite com os meus patrícios, rodo a cidade de cabo a rabo, sou popular por aqui e não faço diferença se é assalariado, pobre ou miserável, me dou com todos. Não queria romper com ninguém, mas a desavença parecia inevitável; não queria perder as amizades, também não quero ser feito de palhaço e muito menos ouvir insultos sobre o garoto e sua mãe. Os falsos conservadores falam em nome da moral, dos bons costumes e da família e são os que atiçam a violência, são irmãos do ódio. *Hipócritas!* Ando me desviando de uns e outros. Perdi vários amigos. Amigos do cão! Amigos da onça! Deixa estar! Fiquei sentado num banco em frente ao salão. Ela veio em minha direção com o cigarro já aceso e me lançou um sorriso aberto, *temos tempo, a próxima cliente está agendada para daqui a uma hora e meia*, depois de uma longa tragada soltou a fumaça numa coreografia de bolinhas, quando, por fim, sapateou em cima da guimba do cigarro, sentou-se ao meu lado e me deu um tapinha na coxa, *e aí, tudo bem?* Conversamos como nos velhos tempos. Falando sobre o nosso filho, escancarei a minha incompreensão com aquelas unhas decoradas, o batom vermelho, os cílios e cabelos postiços, o abandono da igreja e do emprego. Ela me afagou a bochecha e me disse: *bobo, você não é um homem das antigas; entenda, o menino está tentando encontrar uma maneira de dar de cara com ele. Não dê ouvido às pessoas intolerantes, que se preocupam mais com a vida dos outros do que com as suas... ah, é... falam em moral? Sei, sei bem como é, afinal sou a Excomungada.* Fiquei corado, sem encontrar o que lhe dizer. *Estou com medo depois que quase mataram a pancadas a travesti, o filho da Donana; o povo exala intolerância. Você ficou sabendo, né? Preciso que você me prometa de que ficará ao lado do Basílio e que o protegerá, estou sabendo que vem sofrendo ameaças, uns telefonemas anônimos dizendo que a surra foi só um aviso. Falam no nome de Deus e se dizem defensores da honra e dos valores da família, mas promovem guerra e sangue, disseminam o ódio, são uns sádicos.*

Semana passada a Madalena brigou feio com a Selma, da Cooperativa de Leite, quando soube que a balconista andava falando que achava certo o ataque que o Basílio sofreu, que era para ele aprender e se endireitar; coitado, levou pontos na cara e correu o risco de ficar cego, já se passaram mais de uma semana e a polícia não puniu ninguém. Ninguém viu, ninguém sabe! De gente perversa o mundo está assim ó! Elas rolaram no chão num arranca-rabo danado, saíram arranhadas e reclamando o preço das unhas quebradas e dos tufos de cabelos arrancados. A cidade inteira achando o máximo, vendo telequete das duas na telinha dos celulares, não sei quem gravou. A Madá não leva desaforo para casa, sei disso há tempos. É a segunda vez em que entra no ringue por causa do filhote e ela pode contar comigo, pois estou parando de ser conciliador. Contei a ela que o Bispo Hipólito, da Igreja Mundial do Poder de Deus, me abordou e pediu que levássemos o Basílio no culto, que ele seria curado e libertado, *você é da paz, Almeidinha; ah, se fosse comigo, diria poucas e boas para esse cafetão da fé.* Para adiar o fim da conversa, eu estendia um assunto atrás do outro. Cheguei a perguntar se o Dudu ia voltar da casa do pai, ela abriu o sorrisão, *está matriculado numa escola particular, uma bênção, agora sim terá chance de ser alguém na vida, virá nas férias e feriados, não aguento de saudades.* Ficamos mais um tempinho falando de uma coisa e outra e depois do adeus, dei um pulo na Petisqueira para saber das notícias frescas. Está tudo escancarado: corrupção, interesses dos políticos e dos empresários, as pessoas batendo panela nas janelas, pobre é que não estragará as poucas que tem. Os deputados com discursos de bordel. O Darin e o Jarbas romperam irmandade de décadas, foi uma discussão feia, os clientes exaltados, cada um defendendo seu ponto de vista. O vice querendo a faixa de qualquer maneira, xô vampiro! Nada abala o conluio bem arquitetado em todas as esferas, junto da direita um garoto-propaganda que foi ator pornô, um jovem conservador saindo das fraldas e uma corja de gente mal intencionada; a que ponto chegamos! A coisa desanda. Posso não ter estudo, mas rodo de casa em casa e vi o antes e o depois, sei do que o pobre precisa e merece, e não me dou com conversa de madame nem com as ordens dos que se acham herdeiros dos coronéis do café, fico com o benefício do povo e não estou gostando nada do rumo que o país toma, mas há quem comemore precipícios e barbárie.

... foguetes transformam o céu num show de luzes e fogos. Uma confusão de vozes retornando dos lugares por onde passei, olhos nos ameaçando pelas janelas, mesmo com as portas fechadas, de dentro das casas e apartamentos escapam suspiros e deleites estranhos. Descobri que o Alencar é como o vice-presidente, um iscariotes. A Julieta pedindo arrego e eu aumentando a velocidade, tinha pressa em chegar. Onde, meu Deus? A Cláudia Jamile, mancomunada com seus cupinchas, urde insultos telepáticos ao cruzar comigo na estrada. Quem irá me proteger? A Madalena me disse que se tivesse condições iria partir com seus filhos para o exterior, *por aqui não dá mais para ficar, quem me dera ir embora para a Europa como fez o Ronaldo, a Iedinha, o Osvaldo, a Regina, a Zezé, ouvi dizer que em Portugal manicure brasileira não fica desempregada.* O que admiro é que ela ainda tem força para sonhar. Suava em bicas de tanto pedalar debaixo daquele solão, andava sem rumo. O Basílio tentou me consolar, *pai, eu prometo que virei te ver sempre.* A história se repetindo, retrocedendo. As vozes imperativas: *você precisa tirar isso a limpo, ter uma conversinha com o seu compadre, onde já se viu um Judas desse naipe?* Cutuque um arbusto e uma cobra sairá dele. Foi o Alencar quem fez a denúncia para o Ibama e o nosso papagaio não resistiu à proposta tardia de liberdade, a turma inebriada de cachaça e de fel ficou me zoando como se uma amizade rompida fosse tema para piada ou ovações. Passei na Petisqueira por puro hábito, todos os canais noticiando a votação do impeachment da Dilma, um show de canalhice, o sujeito de nome Jair Bolsonaro dedicou o seu voto a um conhecido torturador da época da ditadura militar (e por favor, abram as aspas): "Nesse dia de glória para o povo brasileiro, tem um nome que entrará para a história nessa data, pela forma como conduziu os trabalhos da Casa: parabéns presidente Eduardo Cunha. Perderam em 64, perderam agora em 2016. Pela família e pela inocência das crianças em salas de aula que o PT nunca teve. Contra o comunismo, pela nossa liberdade. Pela memória do Coronel Carlos Alberto Brilhante Ustra, o pavor de Dilma Rousseff, pelo exército de Caxias, pelas Forças Armadas, por um Brasil acima de tudo, por Deus acima de todos, meu voto é sim!". E eu que nunca tive coragem nem de arrancar asas de tanajura, eu que nunca suportei os assassinos, os genocidas, os coturnos pisando nos pescoços, tive que ouvir aplausos e risos de uns e outros. Se tem um ato que tira a humanidade da nossa raça, é a prática da tortura. A Câmara dos Deputados virou um latrinório: *pela paz em Jerusalém, pelos meus netos, pelo planeta, pelos maçons do Brasil, pela nação evangélica, pelos militares de 64...* não aguentei, fui embora e zanzei mais um pouco. Já estava me aproximando da Praça Sant'Anna quando ouvi o Antônio gritar do outro lado da rua com as mãos em concha: *Golpe! Golpe!* O seu Plínio festejando e a gente se sentindo derrotado. As opiniões se dividiam. O Josias com o discurso de palanque: *democracia, o que é isso? O país com a bunda de fora, corrupção, lavagem de dinheiro, justiça desmoralizada, jogo sujo e o escambau. Pior é que ninguém tem mais vergonha na cara, não se preocupam em dissimular as tramoias, compram-se votos, compram-se consciências. Dizem que tudo tem o seu preço.* Pensava revoltado nas traições, nas vaidades, nas delações. Pensava na tristeza da Presidenta. Que dia difícil de vencer. Por que me contaram sobre o Alencar? Para atiçar o ódio? *Chifrudo, bocó.* Eu não precisava de saber. Querem me suicidar. Matar ou morrer, exigem. *Chifrudo, bocó, esquizofrênico.* Quando percebi estava em frente ao salão de beleza. Fiquei escondido atrás de um carro, vi quando a Excomungada se despediu das colegas do salão, enquanto abaixava a porta de aço, acendeu o cigarro e seguiu em direção ao Estado do Rio. Transtornado, segui os seus passos, o canivete se insinuando no bolso da bermuda. De repente, ela olhou para trás e me viu, eu aumentei o ritmo das pedaladas e a alcancei. Ficamos de prosa ali no meio da rua, ela estava inconsolável diante do marco tenebroso, todavia soube ser carinhosa e foi me acalmando com sua sensatez e como num passe de mágica as vozes foram diminuindo de volume até chegar ao nível dos sussurros. Relaxei num longo suspiro, me senti temporariamente salvo. Por precaução, joguei o canivete no lixo, tive a sensação de que eu era outro homem, pois compreendi que o amor acaba aos poucos, seja o amor por uma mulher, por uma ideia, por um país. E a gente nem percebe muito bem.

Brasil, 31 de agosto de 2016

*Em todas as cidades, a esta hora,
alguém caminha no medo comigo.*

AL BERTO

© 2020, Eltânia André

Todos os direitos desta edição reservados à
Laranja Original Editora e Produtora Ltda.

www.laranjaoriginal.com.br

Edição **Filipe Moreau**
Revisão **Rebecca Cagiano e Ronaldo Cagiano**
Projeto gráfico **Arquivo · Hannah Uesugi e Pedro Botton**
Produção executiva **Bruna Lima**
Foto da autora **Arquivo pessoal**
Contato da autora **eltaniaandre@hotmail.com**

Dados Internacionais de Catalogação na Publicação (CIP)
(Câmara Brasileira do Livro, SP, Brasil)

André, Eltânia

Terra dividida / Eltânia André. — 1. ed. —
São Paulo: Laranja Original, 2020.

ISBN 978—65—86042—12—2

1. Ficção brasileira   I. Título.

20-48210   CDD—B869.3

Índices para catálogo sistemático:

1. Ficção: Literatura brasileira   B869.3

Cibele Maria Dias — Bibliotecária — CRB 8/9427

COLEÇÃO **PROSA DE COR**

Flores de beira de estrada
Marcelo Soriano

A passagem invisível
Chico Lopes

Sete relatos enredados na cidade do Recife
José Alfredo Santos Abrão

Aboio — Oito contos e uma novela
João Meirelles Filho

À flor da pele
Krishnamurti Góes dos Anjos

Liame
Cláudio Furtado

A ponte no nevoeiro
Chico Lopes

Terra dividida
Eltânia André

Fonte **Tiempos**
Papel **Pólen Soft 80 g/m²**
Impressão **Stilgraf**
Tiragem **200**